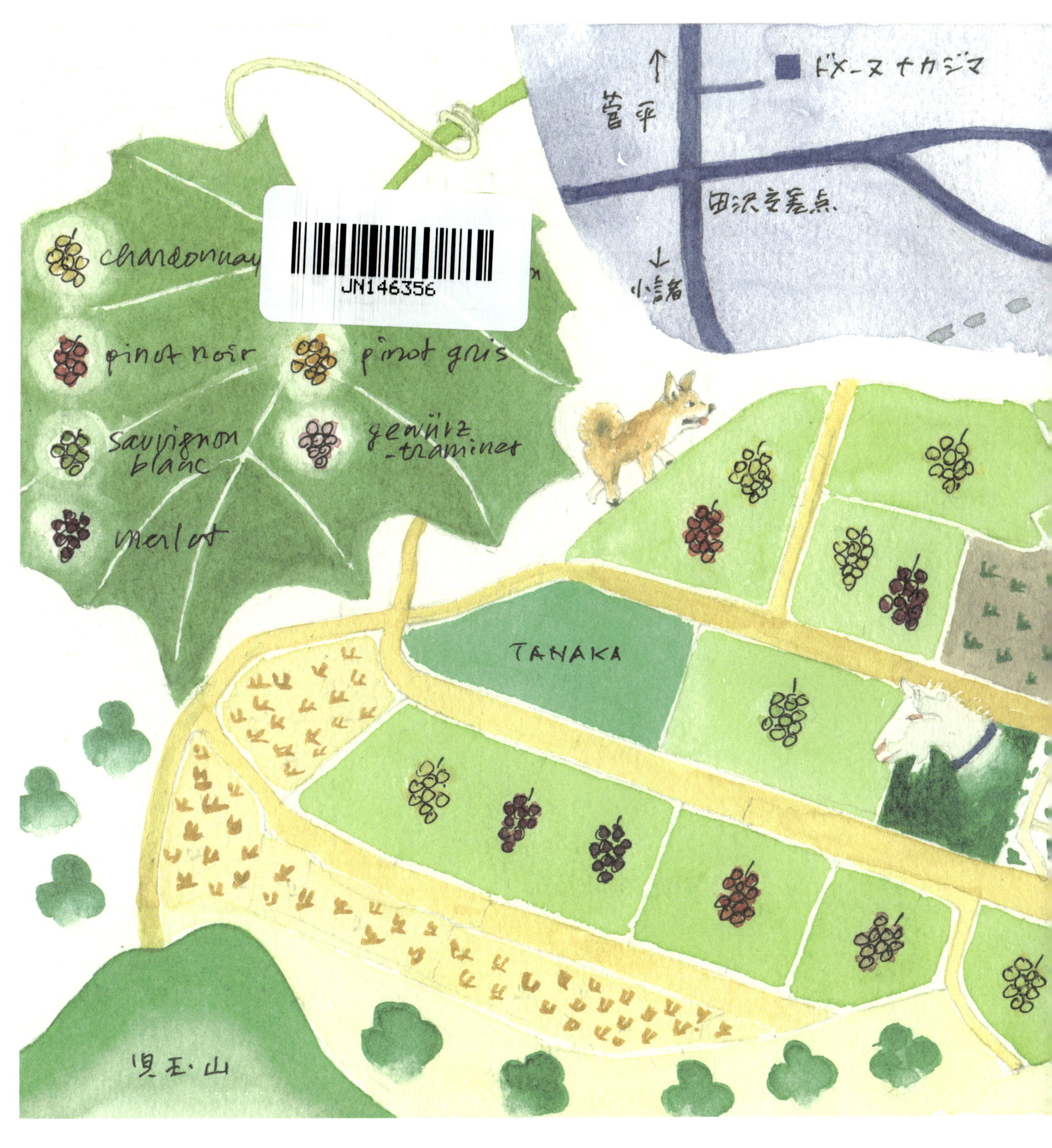

ドメーヌ ナカジマ
菅平
田沢交差点
小諸
chardonnay
pinot noir
pinot gris
sauvignon blanc
gewürz-traminer
merlot
TANAKA

新 田園の快楽

ヴィラデストの27年

Villa d'Est et ses vingt-sept ans

玉村豊男

世界文化社

はじめに

私たち夫婦が東御(とうみ)市の里山の上に引っ越したのが、いまから二十七年前、一九九一年の夏のことだった。私が四十五歳、妻は四十歳。人生の後半を、二人で畑を耕しながら静かに暮らそうと思っていた。

一九九五年の春に刊行した『田園の快楽』は、ヴィラデストという拠点をつくり、はじめての農業に取り組んだ、最初の三年間の記録である。

まだ若かった私たちは、朝早くから太陽が傾くまで汗にまみれて働き、シャワーを浴びて新しいシャツに着替えたあと、北アルプスの稜線に夕日が落ちるのを眺めながら、畑からいま採ってきたばかりの野菜で食卓をととのえる。ワインで乾杯をして、一日の出来事を語り合ううちに、すでにあたりには漆黒の闇が迫っていて、農家の一日は早くも終わろうとしている……このシンプルで健全な暮らしのよろこびを、私たちは「田園の快楽」と名づけたのだ。

あれから、四半世紀を超える年月が流れた。

一九九二年に五百本の苗を植えた六百坪のブドウ畑は、いまでは里山の斜面をほぼすべて覆い尽くし、下の集落にまで広がっている。面積は約二万坪。二〇〇三年に免許を取ってつくりはじめたヴィラデストのワインは、日本を代表する銘柄のひとつにまで成長し、地域の産業や観光の姿を変えようとしている。その間に、働き盛りの夫婦はそれなりの老人となった。

『新 田園の快楽』では、ヴィラデストの二十七年を振り返り、現在の状況を報告しながら、東御市の里山の上で私たちが切り拓き、そして多くの人びとの手で支えられ今日まで受け継がれてきた「田園の快楽」……すなわち自然の中での美しい暮らしを求めるライフスタイルへの共感を、新しい時代を担う次の世代の読者はもちろん、私たちと同じ年月を過ごしてきた、老人と呼ぶにはまだ早過ぎる仲間たちとも分かち合いたいと考えている。

写真・世良武史

ヴィラデストの畑にブドウの若苗を植えたのは
私が46歳のときだった。
ラテン語の古諺に、こういう言葉がある。
勤勉なる農夫はみずからその果実を見ることのない
苗を植える……
彼らが生長して美味なるワインを滴り落とす頃、
農園には新しい物語が生まれていることだろう。

『ワインの時間』（２０００年秋刊行）より

目次

妻と散歩するブドウ
畑では、愛犬ピノも
ひとときわはしゃぐ。

第一章

里山のヴィンヤード

ヴィラデストという名前の由来

その日、私たち夫婦は、大室山にある信州大学繊維学部の農場付近の土地を見た後、鬱蒼とした森の中の、けもの道のような小径をたどりながらクルマを走らせた。繁茂した蔓や朽ちた倒木が行く手を阻む、長いあいだ使われた痕跡のない林道のドライブは難渋を極めたが、暗い森を抜けた直後に私たちを迎えてくれた眺望は、思わず息を呑むものだった。

南西に向けてなだらかに下る広い斜面。蛇行する千曲川の流れと上田盆地を眼下に望み、豆粒のような家並みを囲む山々の奥には、五竜・鹿島槍から常念・穂高に至る北アルプスの稜線を見晴るかす……その景色を見たとき、私たちは、ここだ、ここしかない、と、どちらからともなく顔を見合わせて呟いた。1989年、6月21日のことである。

東京から軽井沢に引っ越して7年、私が病を得たことからはじまった「終の棲処」探しは、この年の初めから本格化していた。小諸市糠地、青木村、春日温泉……ほぼ毎週のようにドライブを繰り返して候補地を探していた私たちは、この日はじめて東御市（当時は東部町）の関係者に農地探しを手伝ってもらったのだが、どこもいまひとつ気に入らず、「もっと眺めのよい場所を」と無理を言ってこの土地にたどり着いた。「眺めだけならここが一番。でも、水がないから住むことはできない」という説明だったが、私たちは構わずそこに住むことを即決したのである。

ヴィラデストVILLA DESTという名前は、その風景を見たとき、すぐ頭に浮かんだ。「エストEST」はラテン語のBe動詞（在る、……である）だが、中世のイタリアに、首都ローマに赴くことになった酒飲みの司教が、まず従者を先に遣わして、道中にうまい酒を飲ませる旅籠があったら「エストEST＝（ここに）ある！」と入り口に記しておけ、とくにうまい酒がある旅籠には「エスト！エスト！」と書くように、と命じたところ、ローマ近郊モンテフィアスコーネ村に着いた従者は、そこの地酒があまりにも美味なので思わず「エスト！エスト！エスト！」と書いてしまい、あとから来てそれを見た司教はいつもの3倍も飲んで死んでしまった……という逸話（法螺話）がある。

ヴィラVILLA（ヴィッラ）というのは、15〜16世紀の北イタリアでは荘園の館を意味していた。そこは農業生産の

2018年の上空写真。

拠点であると同時に、都市と田園との交流をはかる場でもあり、経済的にも文化的にもヴィラの活動が広がるにつれて、そのまわりにはおのずと人が集まり、そこからしだいに新しいヴィレッジVILLAGEができていった……。

私たちはそこまで先のことは考えていなかったが、都会からの移住者として農業をやりながら暮らす私たちの新しい家は、おそらくヴィラのイメージに近いものになるだろうとは想像していた。だから、二人して「ここだEST！」と叫んだ瞬間、二つの言葉が合体して、私たちの「終の棲処」の名前が決まったのだった。

それから私たちは、水道は引けないが深井戸を掘れば水が出るかもしれないと聞き、まず土地を買ってから、地下110メートルまで掘削したら幸運にも水が出た。農地には家が建てられないから、隣接する山林の一部を削って宅地にしようと思い、建築基準法の接道義務を果たすために、農地と宅地を繋ぐ道路を自前でつくって町に寄付することで町道として認めてもらうなど、開発業者がやる仕事を個人で引き受けて、なんとか新居の建設に漕ぎつけた。家の建築も工務店を介さない個人の直営方式で、好みの仕上げを求めて業者を自分で探したり、工事中の建築現場に住み込んでデザインを指示したり、いま思えばそのとき（家が完成した時点で）私が46歳、妻が41歳、二人とも若くて元気だった、としか言いようがない。

ヴィラデストという名前は、いまはワイナリーの名称になり、ワインの銘柄にもなっているので、その由来を説明するのにこれだけ長い話をしなければならないことに困っているが、あのときは夫婦でひっそりこの風景を眺めながら死ぬまで暮らすつもりだった。だから玄関を入ったところの壁に、ヴィチェンツァにあるヴィッラ・ゴーディに掲げられている銘板に倣って「PROCUL ESTE PROFANI（俗界を遠く離れて）」と記した額を（いまでも）かけてあるのだが……まさか、四半世紀を超える時間の流れの先に、当時の想像とはまったく違った世界が待っているとは考えもしなかった。

風景に惹かれて、この土地を選んだ。

あの日、もっと眺めのよい場所を、と言ったら、農業をやるのになんで眺めが必要なのか、と訝られたが、農業には美しい風景が必要なのである。しかし、私たちが求めた「死ぬまで見飽きない風景」は、きっと個人で独占してはいけない価値をもっていたのだろう、いまでは年間数万人もの人たちが、「俗界を遠く離れた」この場所に足を運ぶようになっている。

農業生産の拠点と、都市と田園との交流をはかる場をこの土地に……あのとき「ヴィラデスト」と名づけたことが、その後の運命を引き寄せたのだろうか。

ワイナリーの設計図は
何十枚も描いたが、
どれもおカネが
かかり過ぎてボツになった……。

1992年5月、
初めてブドウの苗を植えた。
その秋、苗は腰の高さまでになった。
すべてはここからはじまった。

2018年初夏。
ブドウ畑は、いまや東御市を
代表する風景である。

2万坪のワイン畑ができるまで

　ヴィラデストがある里山は、千曲川を見下ろす尾根に海野氏が出城を築いたことから城山（じょうやま）と呼ばれるが、かつてこの地域が養蚕で栄えた時代には、桑山として利用されていた。日本の近代化を支えた養蚕製糸業は、工業化による経済成長がはじまると急速に衰退し、昭和40年代に入ると桑山は放置されて荒廃した。城山は、その後国庫の補助を得て段々畑に改造されたが、そのとき山の下側から表土を剥いで山頂に移したため、最下段の一列は粘土が露出する耕作不能地となっていた。新規就農の私たちが農地を買えたのはそのためだが、その一列の西端が１９９２年にメルローとシャルドネを植えた６００坪のワイン畑、東端が現在ワイナリーが建っている場所である。面積は合計３５００坪。

　私がそこにブドウを植えようと考えたのは、最初にこの場所に立ったあの日、日当たりのよいなだらかな斜面を見て、フランス人ならきっとブドウを植えるはずだ、と思ったからだ。それに３５００坪は、二人で家庭菜園をやるには少しばかり広過ぎる。そもそも軽井沢から引っ越して農業をはじめようと言い出したのは妻のほうで、最初からハーブ園をつくるなどの構想を抱いていたようだった。が、「婦唱夫随」で妻の言葉に従った私には何の心算もなく、なにかやらなければ面積が埋まらない、というプレッシャーから、ワインぶどうに助けを求めたのだ。

　当時、日本では、欧州系のワイン専用品種（ヴィニフェラ種）のブドウを栽培することは、ほとんどおこなわれていなかった。この地域では、マンズワインの小諸工場が先駆的な栽培に成功して、将来定着することを期待していた段階だった。

　私は、そんな事情は露知らず、ワインをつくるなら当然フランス系の品種だろう、と単純に思っただけで、マンズワインに頼んでメルローとシャルドネの苗木を調達してもらった。専門家からは、標高が８５０メートルもある冷涼な土地では育たない、こんな粘土質の土壌では栽培は難しい、と言われたが、私は構わず植えることに決めた。

　妻が農業をやろうと言い出したのは、私が軽井沢で吐血をして、輸血で肝炎にかかったからである。慢性肝炎では活動

呆然と立ち尽くすほど美しい夕焼けがある。

が制限され、仕事も十分にできないだろう。せめて自分たちで食べる野菜くらい自分たちでつくれば、家計の足しになるだろうと思ったらしい。

夫は勝手なものである。家計の足しどころか、道楽でブドウを植えようとしている。

私は、慢性肝炎の患者がワイナリーを開いた例は、世界でも珍しいのではないかと思っている。私がブドウを植えたのは肝炎になってから6年ほど経過した後で、肝機能を示す数値は安定していたが、もちろん正常値を大きく超えていた。しかし私はすでに少しずつ体調と相談しながらワインを飲みはじめており、将来、このブドウから自分のワインができたとき、まったく酒の飲めない状態になっていたら最悪だから、きっと少しは飲める状態でいられるように体調をキープするだろう、そのためにもワインをつくるのはよいことだ、と、勝手な理屈を捻り出したのだった。

1992年に600坪だったブドウ畑は、2000年にはその3倍に広がった。

当時私が仕事を手伝っていた大手の酒造会社が、近くにある、ここも桑山だった広大な荒廃地を利用してワイナリーを建設することを計画し、醸造コンサルタントの麻井宇介氏の指導のもとに、京都の本社から日本酒の研究をしていた優秀な技術者を派遣して、ヴィラデストの畑でブドウ栽培を学ばせることになった。そのためには面積が足りないので、段々畑の上のほうに土地を借りて新しい畑をつくったのだ。

ヴィラデストのヴィンヤード（ワイン畑）は、その後も拡大の一途をたどった。

私が最初にブドウの樹を植えた頃、上のほうの畑では、野菜やリンゴを育てている農家が、まだ何人かいた。いずれもお年寄りではあったが、信州人らしい勤勉さで、丹精を込めた作物を育てていた。しかし、それから10年、あるいはそれ以上経つと、一人、二人と、いつもの働く姿を見かけなくなり、そのうち畑が荒れていき、しばらくして訃報を耳にすることが多くなった。

私たち夫婦は、農家になってから約10年、何人かの若者に手伝ってもらいながら、毎日先頭に立って働き続けた。その姿を見て、よかったらうちの畑を使ってくれないか、といって荒れた土地を貸してくれる農家が増えた。ワイン畑を拡大する方向が定まってからは、こちらから積極的に声をかけて土地を借りた。葬式が終わって半年くらい経った頃に訪ねて交渉すると、たいがいの農家が承諾の返事をくれた。どこも後を継ぐ世代がいないのだ。そんなふうにして、下から上まで里山の丸ごとが、だんだんヴィラデストのヴィンヤードになっていった。

私は、決してお年寄りが亡くなるのを

ブドウの蕾は人知れず
開花して果実となる。

待っていたわけではないのだが、畑の区割り地図を壁に貼って、手に入った区画には色鉛筆で色をつけた。1軒の農家がもっている畑の面積は小さいので（最初の３５００坪でも10人の地主がいた）、全体では相当の区画数になるが、色のついた区画が増えるのを見ながら次の展開を予測するのは、国盗りゲームのようで楽しかった……なんて、不謹慎なことをいっているうちに、あっというまに四半世紀を超える年月が経ち、こんどはこっちが死にそうな年齢になってしまった。

　現在、里山の上のほぼ全体と、山を下ったところにある田沢という集落の外縁に、合計7ヘクタール（2万坪）ほどのブドウ畑をもっている。千曲川の対岸にある外山城跡という崖の上にも自社畑があり、これから御堂という地区にできる東御市の共同ヴィンヤード計画にも参加するので、ヴィラデストのワイン畑の面積はもっと拡大していくだろう。

　ヴィラデストから東へ2キロほど行ったところにある御堂という地区は、実は、例の大手酒造会社がワイナリーをつくろうとした場所である。その計画は実現の直前になって突然中止され、以来15年以上放置されてきたかつての桑山は密林のようになっていたが、東御市が増え続けるワインぶどう栽培者の需要に応えて、県営事業として再開発することになったのである。現在は造成が終わって、これ

から定植がはじまろうとしている。
　ヴィラデストがワインづくりに成功したことで、この地域でブドウ栽培とワイン醸造に挑戦したいという新規参入希望者が急速に増え、1992年にわずか600坪しかなかった東御市のヴィニフェラ種の畑は、すでに30ヘクタールを超えるまでに拡大している。御堂の共同圃場が完成すれば、一気に60ヘクタール以上になることは確実だ。

ワイナリー27年間の歩み

２００１年６月、御堂につくるはずだった酒造会社のワイナリー計画は突然の方針の変更で取り止めとなり、ヴィラデストには、中途半端に増えたブドウ畑と、ワインづくりに情熱を感じるようになった若い技術者が残された。彼が、麻井先生の最後の直弟子となった小西超（とおる）である。計画の中止が告げられた日、いっしょにブドウ畑で働いていた私が、「どうする、また日本酒の研究に戻るか」と彼に聞いたら、「いえ、できればこのままワインづくりを続けたい」という。「それなら……」と、私が冗談のつもりで「俺がワイナリーをつくろうか」と言ったら、彼は「お願いします」といって頭を下げた。大手企業が断念したワイナリー建設を、個人が借金をして引き受けようという、無鉄砲なプロジェクトはこの瞬間からスタートしたのだった。

　妻や妹の猛反対とか、農地法をめぐる問題とか、莫大な資金をどうやって調達したか、といった経緯については省くが、結果的には、無謀な企図は信じ難い幸運に恵まれて成功した。計画の中止を知ら

現社長の小西超は日本を代表する醸造家に成長した。

小西が来るまでの約10年は、私一人で畑を走り回りながらブドウの世話をしていた。

されてから半年も経たぬうちに私は最終的な決断を下し、２００２年から本格的に動き出して、２００３年に果実酒製造免許を取得した。

志は高くても、おいしいワインができなければ、ワイナリーは失敗する。が、さいわい３回目の醸造でつくった２００５年のシャルドネが北海道洞爺湖サミットの首脳会食で供されたり、５回目の醸造にあたる２００７年のシャルドネが、当時の国産ワインコンクールで欧州系白ワイン品種部門の最高金賞に選ばれたり、初期からラッキーな出来事が続いた。私は飲む一方なので、これは醸造家の手柄だが、ヴィラデストの成功により、この地域はワインぶどう栽培の適地としての評価を一気に高めることになった。

いま、長野県では、多くの若者たち（といっても平均年齢45歳。私がはじめたのと同じ人生の半ばである）が、数千万から億単位の借金をして、自分のワイナリーをつくろうとしている。ブドウ栽培から手がける小規模のインディーズ（独立系）ワイナリーが、毎年３〜５軒の割合で増えているのだ。

収穫はひと房ひと房ていねいに手で切り取る。

ヴィラデストは今年（２０１８年）創立15周年を迎えたが、58歳で１億６０００万円の借金をしてワイナリーとレストランをつくったときは、何年もつか、いつ潰れるか、先行きはまったくわからなかった。「ダメだったら『ワイナリーオーナーからホームレスへ』という失敗談を書けば本が売れるぞ」という冗談も、さすがに妻の前では口にできなかった。曲がりなりにも15年も続けてこられたのは、天が与えてくれた幸運と、私たちの企図をつねに支援してくれる、数多くの友人知人お客様たちのおかげである。彼ら彼女らには、いくら感謝しても感謝しきれない。

現在ワイナリーが建っている場所は、最初に手に入れた３５００坪の農地のいちばん上に位置する畑で、建物を建てる前はハーブガーデンだった。二人で農業をはじめた頃は自家用の野菜をつくっていた場所を、ハーブガーデンにすることに決め、ひと夏かけて、重いコンクリートブロックをひとつひとつデザインした曲線に沿って並べ、少しずつハーブを植え込んで、ようやく完成したところだった。

ワイナリーは、もっと上のほうにつくる予定だった。最初に森を抜けてこの眺望に出合ったときの場所に近い、いまの第２駐車場を含む約２０００坪の農地を新たに買って、そこにワイナリーとレストラン、できれば併設のホテルもつくり

収穫の日には、一年が無事に終わったことを感謝する。

たいと思っていた。

ところが、農地法上の制約とか、進入路の確保や給排水の問題、それに地主さんの意向など、さまざまな要件が絡んで、長い時間をかけて各方面と粘り強い交渉を重ねたにもかかわらず、結局その土地は諦めざるを得なかった。

それでは、ワイナリーはどこにつくったらよいのだ。計画が振り出しに戻って困惑していた私に、ハーブガーデンで仕事をしていた妻が言った。「やっぱり、ここしかないんじゃない?」、「ここ、って……こんなに家に近いところにつくるの?」。

自宅の玄関を出てから、歩いて1分とかからない至近距離である。どこへ行くにも、出かけるときはかならずその前を通る場所だ。ここにレストランができたら、プライバシーは半分なくなるだろう。でも、ここしかないなら、しかたない。エスト・エスト・エスト。

設計は自宅と同じく宮本忠長建築設計事務所に頼んだが、例によって私が手描きのプランをつくり、それを設計家の荻原白氏が正しい図面にしてくれるというセミオーダー方式で、狭い敷地をいっぱいに使った矩形の建物になった。

資金の関係で、規模は当初計画より大幅に縮小したが、切妻の屋根を十字型に組み合わせた構造は、いちおう伝統的な「ヴィッラ」様式を模したつもりだ(昔の小学校の校舎によく見られたつくりである)。

トイレが地下(斜面に建っているので下から入れば1階)にあるのは、パリのカフェのトイレがそうだからだ。お客さんからは「トイレはどこですか?」とよく訊かれる。階段の柱に矢印があるのだが、1階のあちこちを探し回り、菓子工房に入り込もうとする人も少なくない。どうしてわからないのだろう、とつい思うが、パリのカフェの構造が頭に入っている人のほうが珍しいことは間違いない。

ブドウ畑も建物も、最初につくった人の思惑とは関係なく、どんどん姿を変えていく。いまからさらに27年後、もし存続しているとすれば、どんなかたちになっているのだろう。天国から、知らん顔をして訪ねて来たい。

作業はしだいに若いスタッフにまかせるようになった。

まだ樽の数が少なかった頃の工場内部。

私もまだ60歳だった……。

荒れ地だった土地が美しいガーデンになって花を咲かせている。

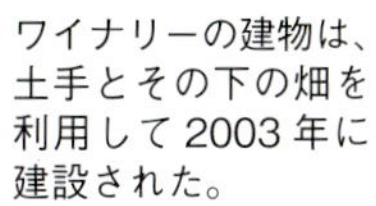

ワイナリーの建物は、
土手とその下の畑を
利用して2003年に
建設された。

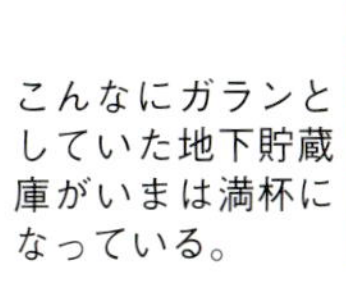

こんなにガランと
していた地下貯蔵
庫がいまは満杯に
なっている。

1994 AUTUMN

94年秋
自家製ワインに乾杯

『田園の快楽』(1995年刊)より再掲

92年5月、ブドウの苗を初めて植えた。手がかかる分、収穫の喜びも大きい

10月はブドウの季節である。

東部町は巨峰の名産地で、もっともおいしい露地ものは9月の末から出まわりはじめ、10月いっぱい楽しめる。もちろん夏のうちからハウス栽培の巨峰が市場に出るけれども、天然の太陽を直接に浴びたもののほうがはるかに味に深みがあって余韻も長い。

私がこの町に引っ越して畑をやることになって最初に考えたのは、巨峰がとれるところなのだから、きっとワイン用のブドウにも好適な気候であるに違いない、ということだった。当初に予定していたより以上に広い農地を手に入れることができたため、なにか自分から積極的に興味を持てるような作物を育てようという思いもあり、結局、日当たりのよい600坪ほどの畑をワイン用のブドウ畑とすることに決めた。

苗を最初に植えたのは、1992年の5月である。ブドウはおろか他の野菜などに関しても、自分の手で植えたり育てたりすることじたいがはじめての経験だったので、なにもわからぬまま、いろいろな人に聞きながらなんとか土を耕し肥料を入れ、支柱を立て、若苗を約500本植えつけた。そのときの細く背の低いブドウの木が、3年目に入ってだいぶ大きく生長してきている。

巨峰の場合は一房につく実の粒を揃えたり、房の形を整えたり、袋をかけたり、といったこまかい手作業が多く、しかも棚の上からぶらさがるブドウを仰ぎ見ながらの作業が辛い。そこへいくと支柱に沿って育てる方式のワイン用ブドウは作業もラクだしだいいち手間がかからない、と聞いてはじめた畑だが、なに、やってみれば手間のかからない農作業などこの世に存在するわけがないことを思い知らされた。

4月の末から5月にかけて新芽が出はじめる頃は晩霜の心配だけしていれば済むが、6月に入ると新しい梢がどんどん伸びるようになる。放っておくとあらぬ方向に行ったりたがいに絡まったりするので、絶えず見まわって若枝を針金に

トラクターの運転は妻のほうが私よりうまかった。

テープで止めてやる。と同時に、生長を促進するために余分な芽を掻いたり、伸び過ぎて垣根の上限を越えた梢の頭を切り揃えるなど、さまざまな仕事が次から次へと出てくる。

6月は花が咲き、7月に入ると生長はさらに激しい。小さな実がつくようになれば、一本の木につける房の数を計算しながら（たくさん房を実らせ過ぎると中身が薄まってよいワインにならない）よさそうなものだけ残し、茂る葉をどけて実の粒に太陽がよくあたるようにしてやらなければならない。あたりかまわず伸びていくツルは、他の葉に絡まったりして始末に悪いので、これも一本一本ハサミで切る。

こんなことをやっていると、一列を見まわるのに30分から1時間近くかかる。ブドウの木は一列に18本、全部で26列もあるのである。たとえば一日に3時間やってほぼ一週間。一週間後には最初にやった列の木がまた茂ってきて手入れを要求するから、また同じことを繰り返す。こんな毎日が、8月の後半まで続くのである。

それから、消毒もしんどい仕事だ。

ブドウは病気にも虫にも弱いので、どうしても消毒をしなければならない。新芽の出る直前から8月中旬まで全部で9回。私はなるべく回数を少なくしようと3回ほどスキップすることにしているが、それ以上減らすと病気にやられる。

葉が茂っている時期の消毒は昔から世界中で使われているボルドー液という古典的な薬剤を用いるのだが、これは自分で生石灰を水と反応させ（熱と白煙が出る）、一方で硫酸銅の粉末を熱湯で溶いたものと混ぜてつくる。前日の晩に両方を用意しておき、当日の早朝、冷めた状態で混合してタンクに入れて撒布するのである。

シャルドネ

ブドウの木がまだ小さい2年目までは肩かけ式の噴霧器で間に合ったが、今年は農協から中古の自走式噴霧車を買い、それに乗ってブドウの支柱のあいだを走ることにした。これだと作業は早く済むものの、クルマの後部からファンで薬液が勢いよく飛び散るので、風向きによってはその霧を全身に浴びることにもなる。もちろんビニールのヤッケとパンツ、ゴム手袋に防毒マスクなどで完全防備してやるわけだが、それでもときどき中のシャツに滲みたりして気持ちが悪い。しかも、なるべく涼しい早朝のうちに、とはじめても、日が昇ると温度が上がって、全身密閉状態のガマン大会のようになってしまう。私が消毒の回数を減らしたいと思うのは、口に入るものは安全、という意味以上に、辛い作業が嫌いだからだ。

そうして一連の消毒が終わり、木の生長も止まって、あとは色づいた実が熟していくのを待つばかり、という秋がやってくると本当にほっとする。9月に入るともういつ収穫してもいいような色とかたちになりはじめるが、できるだけ完熟させて糖度を高めてから穫るため、年によって違うが、〝収穫時〟は10月に入ってからになるのが我がヴィラデストのブドウ農園である。

メルロー

初収穫のブドウでつくった14本の赤ワイン。記念すべき〝ヴィラデスト1993年〟

夏のあいだは何種類もの野菜の収穫と出荷でヴィラデストのスタッフは寸暇を惜しんで朝から夕まで働かなければならないので、私が抜け出してブドウ畑へ行ってしまい2時間も戻らないと、抄恵さんはなんとなく不満そうな顔になる。野菜のほうの仕事をもっと手伝ってくれればいいのに、というのだ。その気持ちはよくわかるが、私だってブドウだけを偏愛しているわけではない。ブドウは他の誰も見る人がいないので、なにもかも私一人でやらなければならないのだ。そのうちにブドウ専門のスタッフを雇えたらどんなにラクか、と思いながら、世話のやける道楽息子のようなブドウとつきあっているのである。

しかしそんなふうに手がかかるからこそ、収穫の日を迎える喜びもまた大きい。10月も後半になれば野菜のほうもトウガラシとカボチャくらいにアイテムが減ってきているから、抄恵さんの目つきにも余裕が出てこようというものだ。

93年は雨と低温にたたられたため、ギリギリ10月の末まで太陽をもらってから収穫した。11月が近づいて初霜が降りようとする寸前である。もっともまだ2年目の若木で、なった房の数も少ないから収穫は簡単だった。ふつうブドウの木は苗を植えてから3年ほど経ってはじめて実がなり、5年目で一人前の量をつけるとされている。2年目の去年は、とくに生長の早い何本かが間違って実をつけた、といった程度だから、傷んだ粒などを取り除くと収穫量は全部で25キロ。品種はメルロー、ピノノワール、シャルドネの3種だが白ワイン用のシャルドネはまだ量が少な過ぎたので、メルロー20キロとピノ・ノワール5キロが醸造に回したすべてだった。

ワイン用のブドウを栽培しているというと、それじゃあワインも自分でつくるのですかと聞く人が多いが、もちろんそんなことはしない。無免許で醸造したら手がうしろにまわってしまうし、免許を取るには巨大な施設を備える必要もあってとても無理。はなからそれはあきらめ、たまたま近所にマンズワインの小諸工場があるのをさいわいに、醸造はプロにまかせることにしているのである。苗の手配から栽培技術の指導も、同工場にお世話になっている。

収穫したブドウは、工場に持ち込んで抄恵さんと二人で足で踏んで潰す。

特注したオリジナルのグラッパ蒸留器。

量も少ないし、こんな経験は滅多にできない、ということで、古式ゆかしくタライに入れたブドウの粒を新品のゴム長の底で踏み潰して汁にしたのである。それを小さなステンレスの筒に入れ、マンズワインの技師がていねいに管理してなんとかワインのかたちにまで育ててくれた。

初収穫のブドウによる、『ヴィラデスト1993年』の赤ワインは全部で14本！　メルローとピノ・ノワールの混醸という珍しい組み合わせだが試飲段階ではけっこう色も濃く香りもあり、天候の悪い年の早なりブドウとしては、ワインらしきものができただけで満足というべきだろう。とてもこの記念すべき貴重品を飲むのはもったいなくて、まだ14本は手つかずのままとってある。

最初のワインのラベルは
こんな文字だった。

収穫を終えたあと、自家製ワインを飲みながら乾杯するのが二人の夢

これからの楽しみは、ラベルのデザインを考えることだ。

今秋の収穫が順調にいけば、去年より10倍以上の本数が仕込めるに違いない。そうしたら来年の春には白ワインが飲めるだろうし、赤は2年か3年寝かせればそれなりにおいしくなるだろう。この冬は、いよいよラベルを印刷しなければならない。

春から秋までの間、私にとってブドウは労働の対象だが、収穫を終えた冬になるとようやく〝道楽〟の相手となる。ラベルはどんなふうにしようか、コルクの焼き印の文字も考えなければ……。

本当は、ワインに仕込んだがまだ結果の出ない、収穫が終わってからの1、2か月が、いちばん楽しい時期なのである。まだ試飲のできない発酵中の段階なら、ひょっとしたら世界一おいしいワインができるかもしれないと想像することも自由なのだから。

そのうちに、毎年、収穫を終えたあとには何年か前に仕込んだ〝ヴィラデスト・ワイン〟を持ちだして、苦労をしのびながらしみじみ乾杯することができる……ようになるだろうか。我が家では、ほとんど毎日ワインを飲むので、旅行に出ている日を差し引いても、年間少なくとも300本は消費している。そのほとんどを、自家製ワインでまかなえるようになるのが夢である。

現在のラベルはブドウの絵。
工場で手貼りをしている。

VILLA D'EST VIGNERONS RESERVE
VILLA D'EST

ヴィラデストのワイン紹介

愛され続けるワインを目指して

1993年に14本からスタートした自家農園のワインも、2018年にはおよそ3万本をリリースするまでに至った。ヴィラデストワイナリーが誇る、主力のラインナップをご紹介しよう。

プリマベーラ　シャルドネ

PRIMAVERA CHARDONNAY

爽やかな飲み口が印象的なプリマベーラ（新緑）のようなワイン。

シャルドネ　白　辛口　750㎖

ゲヴュルツトラミネール

GEWÜRZTRAMINER

ライチやバラの香りのような華やかさを持ち、中国料理とも相性よし。

ゲヴュルツトラミネール
白　辛口　750㎖

ヴィニュロンズリザーブ　シャルドネ

VIGNERONS RESERVE CHARDONNAY

当園のフラッグシップワインは豊かな果実味とエレガントな酸味が持ち味。

シャルドネ　白　辛口　750㎖

ピノグリ

PINOT GRIS

ピノグリ種ならではの果皮の成分を抽出し、骨格のある味わいに。

ピノグリ
白　辛口　750㎖

カンティーヌ ロゼ

CANTINE ROSÉ

カンティーヌ（食堂）の名前の通り、愉快な食卓にぴったりの軽快な一本。

メルロー、ピノノワール
ロゼ　辛口　750㎖

カンティーヌブラン

CANTINE BLANC

すっきりバランスのよい白ワインはカルパッチョやトマトソース系の料理と。

シャルドネ、
ソーヴィニョンブランなど
白　辛口　750㎖

プリマベーラ メルロー カベルネ

PRIMAVERA MERLOT-CABERNET

豊かな果実味とふくよかで滑らかな
口当たりは、幅広い料理に合わせやすい。

メルロー、カベルネ
赤
ミディアムボディ
750mℓ

ピノノワール

PINOT NOIR

赤い果実の香りと繊細な味わいが魅力の
エレガントな赤ワイン。

ピノノワール
赤　ミディアムボディ　750mℓ

タザワメルロー

TAZAWA MERLOT

東御市田沢地区の自社畑で無化学農薬
栽培で育てたメルローを使用。

メルロー　赤　フルボディ
750mℓ

ヴィニュロンズリザーブ メルロー

VIGNERONS RESERVE MERLOT

「かもし発酵」後１年半熟成。
厚みと深さを兼ね備えた赤ワインに。

メルロー　赤　フルボディ　750mℓ

ヴィニュロンズリザーブ
メルロー（ハーフ）

VIGNERONS RESERVE MERLOT

穏やかな酸味、
カシスを感じさせる
黒い果実の香りも
印象的。

メルロー
赤　フルボディ
375mℓ

ヴィニュロンズリザーブ
シャルドネ（ハーフ）

VIGNERONS RESERVE CHARDONNAY

豊かな果実味と
適度な樽香から生まれる
ボリューム感を楽しんで。

シャルドネ
白　辛口
375mℓ

ソーヴィニョンブラン

SAUVIGNON BLANC

柑橘類やハーブを感じさせる
華やかな香り。シンプルな
野菜料理におすすめ。

ソーヴィニョンブラン
白　辛口
750mℓ

1994

94年 ヴィラデスト・ワイン94年レポート

『田園の快楽』(1995年刊)より再掲

3年目を迎えた94年は、ほぼ予想通り、2年目(初収穫)の約10倍、ワインにして120本くらいにはなる量のブドウが収穫できた。しかも、稀に見るグッドヴィンテージ(当たり年)!

ブドウには、太陽が味方である。晴れて、明るい日光が燦々と降り注ぐような乾いた気候が、よいブドウとよいワインをつくるのだ。

だから94年のように雨の少ない夏は望ましいのだが……いかんせん、晴れたのはよいが晴れ過ぎだ。しかも、高温。地表からも枝葉からもどんどん水分が奪われ、まだ十分に根を伸ばしきっていない若いブドウの木は土中から水分のカケラを集めるのに苦労したようだ。

8月に入って、トマトは日焼けや尻腐れ(高温乾燥で果実の表面の色が落ちたり、栄養吸収のバランスが崩れて果実の先端が黒く腐る)に悩み、ブルーベリーは立ち枯れ、トウモロコシも実ったまま乾からびるなど旱魃の被害が出はじめる頃、まだブドウの木は元気だった。

が、8月のなかばを過ぎても一滴も雨が降らない状態が続くにつれ、さしものブドウの木からも生気が喪われ、葉は萎えかかり、せっかく実った房の粒からも艶がなくなっているようすが見てとれた。

ひょっとすると、危ないかもしれない。

そう思って、あわてて軽トラにポリタンクを積んで水を撒いてまわったのだが、焼け石に水とはこのことで、注ぐそばから水は太陽の熱気に蒸発していくありさまだった。

しかたがない、なるようになれ。死ぬ奴は死ね。この旱魃を生き抜いた強い者だけから、少量の濃いワインができればよい……。

そう、なかばあきらめかけたところへ、ようやくわずかばかりの雨がパラパラと降り、なんとか命を助けられたブドウたちは、その後の秋の到来と雨の再来によって元気を取り戻して収穫の時期を迎えた。

ピノノワールとシャルドネは9月20日頃、メルローは10月3日。収穫の時期は去年より3週間以上も早かった。それだけ高温のため早く成熟したのだ。

水不足のためブドウの粒は小さいけれども、その分だけ糖度がたかく、収穫の頃にはスズメバチがその甘い実をついばみにたくさん飛んできた。刺されはしなかったが、メルローなどは完熟果をだいぶ傷つけられてしまった。スズメバチがいなければ、あと30本くらいは余計に穫れたのではあるまいか。

昨年と同じようにマンズワインの小諸工場に持ち込み、やはり長靴の足で踏み潰して仕込んだが、工場に運ばれてくる他のブ

おいしいワインにするために、傷んだ部分はすぐ切り離す。

収穫したブドウの状態を丹念にチェック。

ドウ園のブドウにくらべると、同じ品種でも大きさが全然違う。他のは生食用のブドウ並みに大きいのに、うちのは山ブドウのように小粒なのだ。色合いもかなり異なる。

標高800メートル余というのは、ブドウにとっては栽培の限界を超える高さなのである。だから冷夏だと温度が足りず、短い夏だと熟すまでの時間が足りない。しかし94年のような猛暑の年は、それが逆に利点となるのだ。低地では暑過ぎて出来が悪かったのに対し、高いところがちょうどよい条件になったわけである。また、スプリンクラーのあるようなブドウ園では結果として水をやり過ぎることにもなるが、ヴィラデストの放任主義のおかげで、いのちからがらの乾きを体験したことが、力強いブドウを生むことにもなったのだろう。ワインの場合、粒は小さいほうが相対的に（実に対して）皮の分量が多く、それだけ複雑なよい味になるという。

ワイン用のブドウを生食するとまずい、というのは間違いである。94年のヴィラデストのワイン用ブドウはどの品種も素晴らしくおいしかった。

きっと、よいワインができることだろう。

3年くらい経ったら、ヴィラデスト最初のヴィンテージ94年物、として値が出る（？）かもしれない。

いずれにしても、ほかの作物と同様ワインの出来も、人智を超えた天候に左右される。そのときそのときの出来に応じた味を、楽しむことにしよう。

最近は国産ワインにもいいものがあるし、輸入ワインもずいぶん安くておいしいものが手に入るようになった。ブランドだのヴィンテージだのといわず、毎日のように飲める値段のワインのうちから、自分の口に合うものを選んで、とにかく数多くワインを飲むのが、結局はワインを知っていくいちばんの近道である。うんちくや情報に惑わされず、自分自身の〝ハウスワイン〟を選ぶこと。

私の場合は、あと2、3年して毎年コンスタントに（出来はどうであれ）生産されるであろうヴィラデスト・ワインがまさしく〝ハウスワイン〟ということになるわけだが、ワインのためのブドウを自分自身で育てようなどという馬鹿な計画は、あまり実行しないほうがいいですよと忠告しておこう。

すくすく伸びた緑色のツル。苗を植えた92年に比べると成長著しい94年の夏。

90 年代後半。マルチ張りは
私の得意技（?）だった。

第二章

私たちが野菜農家だった頃

懐かしき開墾の日々

私たちが開墾したのは、表土を剥がれた耕作不能地だった。まず背よりも高く伸びた木柱のような雑草を刈り倒し、農協に頼んで重機で全体を大きく掘り返した後、妻がトラクターをかけながら、私は無数に出てくる大きな石を拾った。トラクターの刃に石が当たると、妻は轟音の中でその方向を顎で示す。私はそれを見て石に近寄り、両手で持ち上げてよたよたと畑の隅まで運ぶと、また次の指示が待っていた。人を顎で使うとはこのことかと思ったが、炎天下で言われるがままに単純な労働を繰り返していると、聖書の世界のような崇高な気分に満たされてくる。

初めて農協に出荷した野菜は加工用トマトである。

ブドウの苗木はマンズワインから取り寄せて植えたが、苗木の生長をチェックしにマンズワインの技術者がやってくるたびに、寄り添うようについてくる人がいる。訊けばデルモンテの社員だという。「玉村さん、加工用トマトをつくりませんか。ブドウ畑の隣が、まだこんなに空いてるじゃないですか」

ジュース用にするトマトである。支柱を立てず、枝葉が地に這うように育てる。だから手間がかからない、といわれてその気になった。出荷価格は20キロで900円。わずかでも農業収入になるのは新米農家にとって魅力だった。

毎朝5時に起き、2時間で100キロほど完熟したものを選んで収穫し、すべてのヘタを手で取ってから、計量して農協まで運んでいく。そのとき土手の上から畑を見ると、もう次のトマトが赤くなっている……。これもまた、毎日続く無限の労働だった。

途中で出荷をあきらめ、お中元のかわりに友人に送ったら大好評だった。ソースにしても、そのまま食べてもおいしいからだ。加工用トマトの業務用品種は頻繁に更新されるが、私たちはこの年の品種がとくに気に入って、その後も長いあいだ特別に昔の種を分けてもらっていた。

1991年の夏に建築途中の家に引っ越してきて、その年はひたすら開墾作業。1992年にブドウとトマトを植え、自家用ではさまざまな西洋野菜にチャレンジした。

1993年は記録的な冷夏に襲われ、コメが不作でタイ米を輸入するなどの騒

野菜農家の夏の一日は、収穫で暮れる。

ぎがあった。翌1994年は一転して猛暑となり、雨は梅雨入りの日に降っただけで、その後9月の後半に至るまで一滴も降らないという極端な日照りだった。この乾燥した夏のトマトは、一生に食べたトマトのうちでいちばんおいしかった。

畑は強い粘土質なので、雨が降ればぬかるんで長靴は膝まで泥に沈み、晴れが続けばカチンカチンに固まってスコップの刃も立たない。昔は田んぼの水漏れを防ぐために塗った土で、村の農家はここまで登って取りにきたそうだ。友人の陶芸家にあげたら皿を焼いてくれた。きちんと植えたはずの野菜の苗が、水をやっても元気がないのでよく見たら、根は石ころのような粘土の塊に挟まっていて、先端はその隙間に浮かんでいた……というようなこともあった。

ブドウ畑に牡蠣殻を入れた話はあちこちに書いたが、三陸から運んだ砕いた牡蠣殻（当時は廃棄物として港の脇に積まれていた）を40トン、大型トラックが畑まで入れないので土手の上からぶちまけた。それを私が一人で掻き下ろして、少しずつ畑に撒いたのである。山の中の畑なのに、全身から海の匂いが立ちのぼった。

不思議なことに、この頃の農作業や開墾の労働に、辛かったとか、苦労したとかいう記憶はまったくない。昔の写真を見ると、大変だったろうなぁ、と他人事のように思うが、嫌な思い出はひとつもないのである。

思い出すのは、野菜がおいしかったことである。

あの頃の野菜は本当においしかった。長いあいだ休んでいた土に、力があったからだろう。とくに粘土は、凝縮した強い味の野菜を生む。

野菜は土づくりが大事だという。もちろん、ガラガラの粘土を何度も何度も砕いて細かな団粒にし、牛糞と藁で自然発酵させた堆肥を混ぜ、丹念に耕してつくりあげる畑の土は必要だが、いくら努力を重ねても、何年も続けて同じ場所で同じ植物をつくり続けていれば、しだいに土は弱ってくる。私たちは中世ヨーロッパの三圃式農業のように、毎年場所を変えてトマトやズッキーニをつくっていたが、職業的な農業ではどうしても連作が求められる。

初期の素人農業でつくった野菜がいちばんおいしかった、と感じるのは、単なる懐旧による美化なのかもしれない。が、桑山の時代が終わって50年ぶりに活躍の機会を与えられた里山の大地に、力が漲っていたことはたしかである。

早朝から夕方までくたくたになるまで働いて、日が落ちる時間になったら家に戻り、シャワーを浴びて汗を流してから、新しいシャツに着替えて台所に立つ。北アルプスに沈む夕日を眺めながら、よく

朝起きて、最初にする仕事はズッキーニ畑の見まわり。

冷えた白ワインを一杯。畑から採ってきた野菜を焼き、生で食べられるものはサラダにし、わずかな肉を添えた農家の夕食。一口食べるごとに、疲れきったからだの奥底から新たな活力が沸き起こってくる。十分に食べて、おいしいワインを飲んだら、あとはぐっすり眠るだけだ。

田園の快楽、健全なる美食……私たち夫婦にとって、40代から50代にかけてのあの素人農家の時代が、農業という素晴らしい仕事の価値を知って人生を書き直した、もっとも輝かしい日々であった。

現在はガーデンの一角でハーブや野菜を育てている。

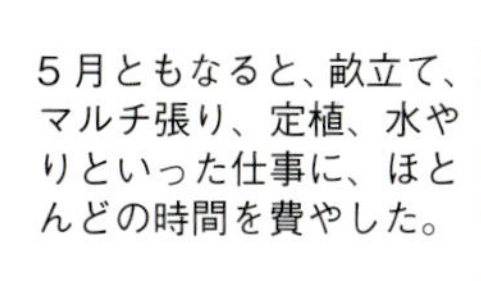

5月ともなると、畝立て、マルチ張り、定植、水やりといった仕事に、ほとんどの時間を費やした。

1994 SUMMER

94年夏

夏野菜からはじまる朝

『田園の快楽』(1995年刊)より再掲

夏の強い太陽を浴びてすくすく育ったズッキーニ

7月頃になると、だいたい朝は5時少し前に眼がさめるようになる。

冬のあいだも、犬のバオバブを部屋の中で飼っていたため6時半になると顔をなめられて起こされたが、人間のそれよりも正確な犬の体内時計は日の出が早くなるとともに確実に時差を調整し、4月の中頃にはバオバブのモーニング・コールは5時半に早まっていた。5月になると私たちはバオバブを夜も外に出しておくようになったが、すでにパブロフの犬となっていたのは私たちのほうで、犬がいようといまいと、自然と太陽にしたがって日の出からしばらくするとぱっちり眼が開くようになった。夏至の前後には4時台にそれが早まって、枕もとの時計を見てあわてて眼を閉じたりしたものだった。だって、いくらなんでも早いじゃないか。せめて5時過ぎまでベッドにいないと、あまりにも一日が長過ぎる……。

が、キャベツやレタスなど葉ものをつくっている農家は、4時といえば、もう朝の収穫のために畑に出ている時間である。都会の夜更かし連中が家路につく頃に働き出す人々がいるわけだ。私たちだって東京に住んでいた頃には午前2時前には寝なかったのだから、まあ〝時差〟は約4時間といったところか。ずいぶん遠い国に来てしまった気もする。

さて、夏の朝、起きて最初にする仕事はズッキーニ畑の見まわりである。ヴィラデスト農園にはさまざまの仕事があって、私と妻と、シーズンのあいだ手伝いに来てくれる近くのお年寄りなども含めてそれぞれが手分けをしてなんとかこなしているのだが、ズッキーニの見まわりだけはなぜか私の役目ということになっていて、朝起きてとりあえず犬たちを散歩に連れて出たあと、すぐに私は小刀とカゴを持って、ズッキーニの畑に出ていく。

ズッキーニというのは、本当にノーテンキな野菜である。

苗は4月に入る頃からビニールハウスの苗床で種から育てているのだが、他の野菜とくらべると発芽も早く、外がまだ寒くてもかまわずに大きな葉をどんどん

定植を待つ若苗でいっぱいのビニールハウス。

出してくる。このあたりでは5月の中旬までは晩霜のおそれがあるので、生育した若苗を露地の畑に定植するタイミングが難しい。それでも外の寒さに応じて、少しずつ伸びてくれればちょうどよい時期に外に出せるところを、ズッキーニはかまわずデカくなり、まだ外は霜が降りているというのに一人前の姿になって、気の早い奴は4月の末から小さな花をつけはじめたりする。まったくなにを考えているのか、多少は周囲の状況というものを気にしてもよさそうなものだが、ズッキーニは、きっと、なにも考えていないのだろう。

二人で畑をはじめた1年目、いちばん姿の美しいズッキーニを料理した

早朝に1回目の収穫をする。

大きなケバケバした毛の生えた葉をかき分け、根元のところから伸びている茎についている実を探す。見つけたらその葉を小刀でスッと切り、実をていねいに穫るのである。ノーテンキなわりにズッキーニは繊細な野菜で、実の表面はちょっと爪先があたっただけで傷がつく。商品価値を減じないよう、軍手をはめた手で慎重に扱わなければならない。

1回目の収穫が終わると、台所の外のテラスに並べて数を数える。濃緑6本、黄色4本、縞柄8本……ヴィラデスト農園ではイタリアやフランスから来た種で5種類ほどのズッキーニを栽培していて、それらを混ぜて出荷することにしている。味は品種によってわずかに異なるが大差はないし、色や形はとりどりのほうが面白いと思うからだ。穫るときに誤って傷をつけてしまったものや、実の先端が欠けたものなどは、出荷不適格品として取り除ける。そういうものは、私たちが食べるのだ。

二人で畑をはじめた1年目、私たちは穫れた野菜のうちでいちばん姿の美しいものを料理して食べた。しかし2年目の後半から、東京のスーパーに出荷するルートができるようになると、美しい姿の野菜は、

「これは売りものだから手をつけるな」

といって、傷んだもの潰れたもの曲がったもの、要するに商品にならない品ばかりが食卓にのぼるようになっていった。そして曲がったキュウリと潰れたトマトを食べながら、

「われわれもようやく本物の農家らしくなってきたね」

と、たがいの労をねぎらいながら満足感に浸るのである。

折れようと曲がろうと、ズッキーニの味に変わりはない。

ズッキーニの料理法としては、私たちは輪切りにして両面に焦げ目がつくほどに焼いてから塩、胡椒、オリーブ油と醤

春が近づくと、野菜の種を前に作付作戦会議を練るのが楽しみだった。

外で体をうごかし、土をいじるというのはなんて快適なことだろう。

油をまぜたもので和えたのがいちばんおいしいと思っているのだが、もちろん乱切りにして炒めてもよし、せん切りにして塩もみしてもよし、クセのないこの野菜はどんな料理にも適応する。だから折れたのや壊れたのならすべてこまかく切ってフードプロセッサーにかけ、生クリームを加えて鮮やかなライトグリーンのソースに仕上げたりもする。このソースを使ったリゾットは、我が家の定番人気メニューのひとつである。

8月に入ってトマトの収穫が本格化するまでは、畑の雑草とりという無限に存在するベーシックなルーティーン・ワークを除けば、6月のニンニク、タマネギ、各種レタス類、そして7月のズッキーニの収穫が農園のおもな仕事ということになる。まだ、フル回転には至らず多少の時間的余裕があるので、私は朝のひと仕事が終わると朝食をとって書斎に上がり、原稿書きを昼まで続けることが許されている（8月と9月の修羅場には私もフルタイム農民となり、締め切り原稿はトイレにいくついでに廊下で立って書いたりするのだが）。

昼食後のひとときが、第2回目の見まわりである。

昼の強い太陽を浴びて、ズッキーニはすくすく育つ。ほとんど信じられないくらいだが、朝見たときにはまだ子供だっ

ZUCCHINI
ズッキーニ

焼きズッキーニと豚肉のロースト

ズッキーニの焦げ目がアクセントに

この章のレシピは『田園の快楽 それから』(1999年刊)より再掲

たのが、昼には立派な成果になっている。それほど生長スピードが速いのだ。油断がならない。

日本のスーパーで売っているズッキーニはだいたい長さ12、13センチの幼果だが、私は20センチで200グラム、というのがもっとも美味な状態であると考えているので、その大きさを基準にして収穫をする。が、敵もさる者、朝のうちに穫ることを逡巡していると、次に見たときはヘチマのような大きさになっていたりするのである。

もちろん、ヘチマ状態でも、中心の種が散在するフカフカしたところを取れば、周囲の果肉は十分においしいのだが、大きくなり過ぎたものは日保ちが悪いので出荷には適さないし、だいいち全長40センチでレスラーの腕のようなズッキーニがスーパーで売られていたら、客のほうがとまどうに違いない。

昼下がりの作業は辛い。暑いからといって半袖のシャツを着て収穫をすると、裸の二の腕にケバケバが当たって、ミミズ脹れのような無数の掻き傷がつく。だから長袖を着てやるのだが、高原の太陽は容赦をしてくれない。終わってまた数

ズッキーニの花のリゾット

花も使っているのが、食感的にアクセントになっている。あっさりとしていて食べやすい

焼きズッキーニと豚肉のロースト

[材料・4人分]
ズッキーニ中4本　豚肉600グラム
バルサミコ酢、醤油、オリーブオイル

[作り方]
1 ズッキーニは7～8ミリの厚さに輪切りにし、両面に焦げ目がつくまで直火で焼く。
2 オリーブオイルに醤油少量を加えて混ぜ、1のズッキーニをつけて和えておく。
3 豚肉は厚めに切り、オリーブオイルを熱したフライパンで両面を焼きながら、中まで火を通す。
4 焼けた豚肉を取り出したあとのフライパンに、バルサミコ酢、醤油、オリーブオイルを加えてソースを作る。
5 皿に2のズッキーニと3の豚肉を盛り、上から4のソースをかける。

ズッキーニの花のリゾット

[材料・4人分]
ズッキーニ中2本　ズッキーニの花4個　米（一人あたり70～80グラムとして）300グラム　鶏がらスープ（顆粒を湯で溶いたものでもよい）適量　オリーブオイル、塩、胡椒

[作り方]
1 ズッキーニの花のめしべを取り、全体をさっと水洗いして、軽く刻んでおく。
2 ズッキーニの実は薄切りにしておく。
3 フライパンにオリーブオイル大さじ1～2を熱し、洗わない生の米を軽く炒める。油で半透明になった米の一部が白くなるまで熱すること。
4 3にズッキーニの実と花、鶏がらスープを加え、強めの中火で蓋をせずにかき混ぜながら20分ほど煮立てる。塩、胡椒で味をととのえて出来上がり。好みで生クリームやバターを加えてもよい。

を数えるとグッタリとなり、私はシャワーを浴びて昼寝のベッドにもぐりこむのである。

周辺の農家も、みんなシエスタの時間をとっているようだ。朝は早いし、夕方は日が落ちるまで働くのだから、そうでもしなければ身が保たないのだろう。

「昼メシのときに焼酎をクッと一杯やって」ぐっすり1時間は眠る、という人もいる。静かで幸福な昼下がりが過ぎると、再びみんな畑に出る。私はブドウ畑の手入れをし、妻はハーブ畑の面倒を見る。そして夕刻、太陽が傾き涼しい風が吹いてくる頃、私は3回目の見まわりにズッキーニ畑へと赴く。

1日に3回の見まわりが必要であることはわかったが、それも手分けしてやればいいではないかと思う人がいるかもしれない。しかしそうはいかないのだ。一人の人が、すべての畑のズッキーニの状態を把握している必要がある。何列目のどの株に若い果実があり、どの株のどの実がそろそろ穫り頃か、絶えず位置を覚えて確認していないと収穫のタイミングを逸するからだ。突然誰か知らない人に頼むと、かならず見逃す。見逃せば翌朝はヘチマだ。全部把握しているつもりでも、大きな葉の裏に巧妙に姿を隠している奴がかならずいて、折れたのや曲がったもののほかに、私たちは毎日ヘチマの中身を食べることになるのである。

こうして、7月の私の1日は、ズッキーニとつきあって暮れる。8月に入ると老境に入ったズッキーニはしだいに生産力が衰え、農園の仕事もトマトに中心を移していく。

1日の労働を終えた夜。ワイン一杯であっという間に眠りにつく

汗をかくことは楽しいし、収穫の仕事には格別のよろこびがあるが、やはり、1日の労働が終わったあとのひっそりとした夜はなにものにもかえがたい貴重な時間である。からだは鞭で打たれたように疲れているが、野良着を脱ぎ捨ててシャワーを浴び、新しい自分に生まれ変われれば、もう寝るまでは貴族である。

畑からの帰りに穫ってきたきょうの野菜で、好きな料理をつくる。からだが要求するのでシンプルな肉料理を少し添えて。素材の必然性から、夕食はイタリア風、ないしは地中海風になることが多い。まず地下の酒庫からワインを取り出し、まずは二人で乾杯。細胞がゆるゆると緩んでいく。

夕暮れに包まれるヴィラデスト。忙しかった夏の1日が終わる。

農作業の合間、サンルームでくつろぐ午後のひととき。

ヴィンテージ・トマトソース

冷凍庫の中を探っていると、昔つくったトマトソースに出くわすことがある。

毎年、8月になるとトマトが採れて採れて困っていた頃、山のようなトマトを煮たり焼いたりする仕事が日課になっていた。とにかく毎日採れるので、その日のうちに処理しておかないと溜まる一方なのである。

完熟したトマトのヘタを取って、横半分に切る。それを大きなバットに敷き詰め、塩を振って7〜8時間、十分に水が出るまで待ってから、オーブンで焼く。夜に準備して朝に焼くか、朝準備して夜焼くか。

180度で1時間あまり焼くと、余分な水分がすべてなくなった、旨みと甘さが凝縮したローストトマトが出来上がる。冷ましてから、真空パックに入れて冷凍する。

ローストトマトをつくるヒマがないときは、煮詰めてソースにした。ヘタを取ったトマトを投入口から押し込んで把手をグルグルまわすと種皮と潰れた果肉が別々の出口から出てくる便利な器械があって、それをフル回転して大量にジュースをつくり、大鍋に入れてクツクツ煮るのである。ローストと較べれば簡単な仕事だが、ときどき掻き回さないと焦げ付くので、誰かがつねに傍にいて世話をしなければならなかった。

ただでさえ農作業が忙しい夏に、ときには夜なべまでしてこんな仕事をするのは大変だけれども、トマトがたくさんあるときに頑張ってローストやソースをつくっておくと、一年中、料理をするときに重宝する。

冷凍庫から取り出して、必要な量だけ砕き、鍋に入れればすぐ元に戻るから、パスタのソースにするもよし、カレーやシチューに加えるもよし、実に使い勝手がよいのである。

長く保存が効くのも驚異的だ。

毎日大量にトマトソースをつくっていたのは、もう10年以上も前のことだ。最近もときにつくることがあるが、せいぜい1年で使い切る程度の量である。なのに、保存食品を入れておく大型冷凍庫の中には、まだあの頃のソースが残っているのだ。別のものを探しているとき、どこにしまったかもう覚えていない昔のソースが底のほうから出てきて、パックを見ると、2005年とか、2010年とか年号が書いてある。凄い！　ヴィンテージ・トマトソースだ。

冷凍しても味は変わらない。というか、昔の味がそのままに保存されている。「あ、たしかに2010年のトマトだわ」「あの年は猛暑だったから、さすがに味が濃いね」

……私たちは、古いワインを飲むときのように、ヴィンテージ・トマトソースを味わいながらその年の太陽と風景を思い出す。

アメリカ製のソース製造機は優れもの。

こうして保存すれば次の夏まで使える。

TOMATO
トマト

標高850メートルの丘の上といっても、直射日光は肌を刺すほどに強い。灼熱の太陽の下では、体力を必要以上に消耗してしまう。だからトマトの収穫は早朝の涼しいうちに済ませ、午後は昼寝をして夕刻からまた畑に出る。そして夜は毎日トマトソースをつくるのが8月の日課である。

トマトとナスの重ね焼き

トマトの甘みとナスの食感が相性よしの一品

[材料・4人分]
トマト4個　丸ナス2個（トマトと直径が同じくらいの大きさのもの）
オリーブオイル、醤油、塩、胡椒

[作り方]
1 トマトは皮を付けたまま、2〜3ミリの厚さに輪切りにする。
2 バットに1のトマトを並べて、塩をしてからオリーブオイルをたっぷりとかける。グリルまたはオーブンで上の表面に軽く焼き色がつくまで焼く。
3 丸ナスをトマトと同じように、3ミリほどの厚さで横にスライスする。
4 フライパンにほんの少量のオリーブオイルをひいて、両面に軽く焦げ目がつく程度に焼く。
5 4の丸ナスをキッチンペーパーの上にしばらく置いて余分な油をのぞき、塩、胡椒をしておく。
6 皿の上で、2のトマトと5の丸ナスを層のように交互に重ねる。
7 上から、オリーブオイルと醤油少量を合わせたソースをかける。好みでハーブを散らして食べてもいい。

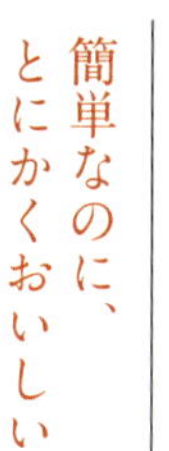

トマトのロースト

簡単なのに、
とにかくおいしいトマト料理

[材料・4人分]
トマト20個　バジルの葉適量
オリーブオイル、塩、粗挽き胡椒

[作り方]

1 トマトは横2つに切って、ヘタと反対側の先端を少し切る。

2 耐熱容器にバジルの葉を敷いて、上からオリーブオイルをかけたところに、1のトマトの真ん中の切断面が上になるように置き、一面にぎゅうぎゅう詰めにする。

3 2のトマトの上から塩をまんべんなく振りかける。水分を出すためなので、ちょっと多めと感じるくらいかけても大丈夫。好みで粗挽き胡椒をかけてもよい。さらに上から、全体にオリーブオイルをたっぷりとかける。

4 容器の上から布巾かペーパータオルで覆い、室温で最低2〜3時間弱、できれば一晩置く。

5 4の覆いを外し、230〜250度で15分ほど予熱したオーブンに入れる。トマトから出た水分は捨てないこと。10分ほど焼いたら、140〜150度に下げて、約1時間焼く。

6 上火のオーブンなら、最後に温度を上げてトマトの表面に焦げ目をつけるとおいしそうに見える。自然に冷まして食べる。

鶏肉の焼き野菜添え セージ風味

鶏肉のバリバリ感と
野菜の食感を楽しむ

[材料・4人分]
鶏もも肉4枚　小型タマネギ2個　肉厚ピーマン2個　プチトマト10〜12個　セージ1枝
オリーブオイル、醤油、塩、胡椒

[作り方]

1 鶏もも肉の余分な皮と脂肪を切り落とす。

2 熱したフライパンに、皮目を下に置いて焼く。このとき、皮がパリパリとしたきつね色に焼けるまで、ひっくり返さないこと。途中で出てきた油は捨てる。

3 皮がカリカリになって、身も七分ぐらい色が変わってきたら、最後にひっくり返して、反対側の肉の表面を軽く焼く。

4 半割りにした小型タマネギとピーマン、プチトマトを、上火のグリルでそれぞれに焼き色がつくまで焼く。

5 3に塩、胡椒をしてそぎ切りにし、皿に重ねて盛りつける。4を添える。オリーブオイルに醤油少々を加えたソースをかける。

6 上に素揚げしたセージの葉をのせる。

唐辛子農家の思い出

トマト、ズッキーニ、ピーマン、ナス、インゲン、レタス……野菜はどれも外国から種を取り寄せてつくった。

日常の野菜はどこの農家でもつくっているから、もらったほうが早いし、私たちがつくるよりおいしいだろう。近所のスーパーで売っているような野菜は、スーパーで買えばよい。私たちは、東京の専門店でも手に入りにくい、珍しい品種の野菜に特化して栽培することにしたのである。

最近はフランス（EU）など種の輸出に厳しくなったが、当時はカタログで注文すればどんな種でも届いた。サンマルツァーノ（イタリアの細長い調理用トマト）、パドロン（スペインの辛くない小型唐辛子）、金髪怠けデブ女（グロスブロンドパレスーズ）（葉が柔らかく薹立ちが遅い、フランスのバターヘッドレタスの品種名）……雨が少なく寒暖の差が大きい、ワインブドウに適した気候では西洋野菜がよく育つ。

野菜をつくっても、売れなければ農家の仕事にならない。いまならネットで売り出せばすぐに買い手がつくだろうと思うが、当時は農協を通して東京の市場に送るしか方法がなかった。といっても定期的に出荷できるほどの量はないから、通常のルートにのせるのは難しい。もちろん地元では見たこともない西洋野菜など買う人はいない。ズッキーニですら、その頃は知る人が少なかった。

伝手を頼って扱ってくれる店を探し、ようやく見つけたのが広尾の明治屋だった。量は少なくても珍しいものなら買うといってくれたので、地元の農協経由で東京の大田市場まで、仲買人指定で送ることになった。丸いズッキーニ、白いナス、縞模様のビーツ、メキシコの酸っぱい食用ホウズキ……あるとき東京の親戚から、「あなたのところのピーマンを1個900円で売ってるわよ」と電話がかかってきた。エストレルという品種の大型ピーマンで、長さは15センチ近くあるのだが、900円は高い。農協に出荷したときの値段は100円だったから、流通の経費が高いのだ。当時はまだあまり需要がなかったハロウィン用のカボチャを、自家用のワゴン車のトランクにいっぱい積み込んで、広尾まで届けた思い出も懐かしい。トランクを開けたら、ハロウィンカボチャが路上に散乱したのだった。

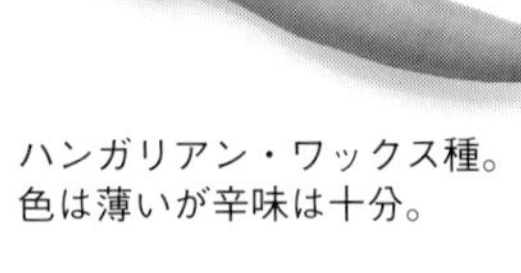

ハンガリアン・ワックス種。
色は薄いが辛味は十分。

濃い緑色の三角形が美しいアンチョ種。

最終的に、私たちは唐辛子農家になった。あらゆる野菜の中で、唐辛子がいちばん有利だからだ。

　標高が高いのでたいがいの野菜は無農薬でつくれるが、それでもナスやズッキーニにはアブラムシがつくことがあるし、レタスやキャベツは虫に食われる。その点、唐辛子は放っておいても虫が寄ってこない。

　唐辛子の実は緑色だが、熟すと赤くなる。辛味に変わりはないが、赤くなると甘みが加わる。もちろん緑色のうちに採っても売れるし、赤くなるまで待ってから採っても売れる。緑の唐辛子を並べた真ん中に赤を一本添えてパックすると、可愛いといってよく売れた。

　収穫をさぼって放っておいても、いつまでも実がついていてくれるのはありがたいし、収穫して置いておけば自然に乾くのもありがたい。生でも乾燥でも売れるからだ。出荷のときに壊れたら、粉にして売ればよい。

　唐辛子の種は、アメリカから取り寄せる。原産地に近いニューメキシコ州に友人が住んでいて、毎年新しいカタログを送ってくれた。アメリカには唐辛子専門の種苗店があるのだ。

注文品を友人が受け取って、日本に来るときに持ってきてくれた。アメリカからは、郵便で種を送ることができない。

　毎年20種類以上、栽培したことのある品種を数えれば、合計で40種類は超えているだろう。ハバネロという超辛品種を栽培したのは、日本でもごく早いほうだと思う。ファステコという品種を私たちが栽培していることを聞きつけて、機内食に使いたいと言ってきた中米の航空会社もあった。作家の荻野アンナさんと何かの仕事でご一緒したとき、「私、最近珍しいものを見つけたの」といって、自分で撮った写真をファイルにしたものを見せてくれたことがある（当時はまだスマホがなかった）。

ラージチェリー種。

シガレッタ種は乾燥させて、リースなどに使用も。

料理名でもおなじみ、ペペロンチーノ種。

カイエンヌ種はフランス領ギアナ原産。

ハラペーニョ・パン

ぴりっと辛くて大人の味

ハラペーニョ・パスタ

ハラペーニョの量はお好みで

「こんな唐辛子があるのよ」といって彼女が見せてくれたのは、うちから明治屋に出荷したものばかり。「これ、うちでつくってるんですよ」と言ったらアンナさんはびっくりしていた。

品種による辛さの違いは、1から10までの「ヒート・レート（辛さの段階）」で示した。ハバネロが10点、ハラペーニョは6〜7点。評価の定まっている品種もあるが、個体差もあるので、辛さは私自身が生の唐辛子を歯で噛んでたしかめた。辛い唐辛子も、生で噛むとトロピカルフルーツのような甘い香りがすることがある。

唐辛子農家の全盛期から、もう15年以上が経つ。いまでは、ヴィラデストの畑から唐辛子はほとんど姿を消した。うちから独立して野菜農家になるスタッフが増えたので、他の野菜も含めて彼らから買うようになったのも原因のひとつだが、やはりレストランを開業してフレンチを提供するようになったのが最大の理由だろう。タイ料理や韓国料理ならともかく、フレンチでは唐辛子はわずかしか使わないので、栽培しても料理の役に立つ機会が少ないからだ。

レストランの経営者になったので、接客するときのことを考えてにんにくは食べないようにしているが、唐辛子を食べる量も回数も以前よりだいぶ減った。

ハラペーニョ・パン

53ページ

[材料・24個分]
ハラペーニョのオリーブオイル漬けを好みの量で　グリエールチーズ適量
強力粉400グラム　イースト6グラム　砂糖12グラム　塩6グラム　ショートニング12グラム
ベーコン40グラム　水250グラム　バター適量　溶き卵適量

[作り方]
1 グリエールチーズは7ミリ角に切って、ハラペーニョのオリーブオイル漬けと混ぜ合わせておく。
2 ふるっておいた強力粉、イースト、砂糖、塩、ショートニングをボウルに入れ、混ぜる。水とバター、細かく刻んだベーコンを加え、生地になじませていく。
3 一次発酵をさせてガス抜きをし、気泡を抜いたあと、生地を等分に（1個30〜40グラム見当）切り分けて、15分ほど休ませる。
4 3を作りたいパンの形に仕上げていく。このとき、パン生地をのばした中央に1のフィリングを適量入れて丸め、口をしっかりと留めること。生地に油がつくとまとまりにくいので、注意をして。
5 プリン型の浅い容器に入れて、発酵器に入れる。焼く前に表面に溶き卵を塗って、またオーブンは前もって温めておくとよい。
6 200度のオーブンに入れ、約15分焼く。

ハラペーニョ・パスタ

53ページ

[材料・4人分]
スパゲッティまたはリングイネ（一人あたり80〜90グラムとして）320〜360グラム
赤と緑のハラペーニョ2本ずつ　にんにく1片
オリーブオイル、塩

[作り方]
1 好みの太さのパスタを、塩を入れたたっぷりの熱湯で茹でる。
2 ハラペーニョは細かく切り、オリーブオイルで和えておく。
3 パスタの茹であがるタイミングを見はからい、鍋にオリーブオイルを入れ、スライスしたにんにくを炒める。
4 3の鍋に、まずハラペーニョ、次いで茹であがったパスタを入れて、なるべく手早く絡める。ハラペーニョは火が通ったか、通らないかの程度が食べ頃（量はお好みで）。

◀野菜が主役の食卓に欠かせないのは、オリーブオイル、くるみオイルなど各種のオイル、そしてもちろんフレッシュな唐辛子。

OLIO EXTR
VERGINE
DI OLIVA
SPREMUTO A FREDDO*
NON FILTRATO
RIVIERA LIGURE DI PONENTE
RAINER
0,250 litre
PURE
OIL
DON MARCEL

大学時代の読書会に端を発する「アンドロマクの会」。今も年２回、カフェで集う。

第三章

カフェという名のレストラン

レストランほど素敵な商売はない

ワイナリーをつくるときにレストランを併設することは、最初から考えていた。

私はそれまでの20数年間エッセイストとして活動してきたが、書いた本の半分以上が料理や食文化をテーマにしたもので、実際に腕を振るった料理を撮影した料理書も出している。私の家に遊びにくる友人の多くは、私がなにかおいしいものを食べさせてくれるだろうと期待し、私はつねにその期待に応えようとしてきた。だから、私がワイナリーを建ててワインをつくるといえば、当然そのワインに合う料理をそこで提供するはずだと、考えるに違いない。

しかし、物書きとして料理の世界に半分首を突っ込んでみると、この世界は一筋縄では行かないことがすぐにわかる。レストランを経営すればきっと泥沼に陥るだろうし、頑固で人の言うことを聞かない料理人と付き合うのも嫌だ。だから、飲食といっても本格的な料理を出すのではなく、素人でもできる簡単なサンドイッチのようなものを中心にした、いわゆるカフェのレベルに止めておこう。

そう思って厨房を設計したのだが、もともと料理をつくるのが好きだから、そうは言ってもときには本格的な料理をつくることがあるかもしれない、などと考えながら図面を引いていたら、そこそこ大きなスペースになってしまった。

素人でもできる簡単なサンドイッチ、といっても、最初からズブの素人を雇うわけにもいかない。かといって、経験のある料理人がサンドイッチで我慢するとは思えないし、私が注文する通りの料理をつくれといっても、プロが素直につくるわけがない。私自身がシェフとして厨房に立つなら話は別だが、それはできない相談だ。そんな悩みを知り合いの料理関係者に話しているうちに、いい料理人がいるからと推薦を受けたり、雇ってほしいと申し出る者があらわれたり……いつしか、不安を抱えたまま最初の料理人とパン焼き職人が決まり、そのまま開店に突入した。

オープン時のメニューは1500円のワンプレートランチだけで、厨房は料理人一人、朝パンを焼いた職人がそのまま昼の手伝いに入るという態勢で、パンは1日に40人分しか焼けなかった。こんな山の上まで、そんなにお客さんがやってくるはずがない、という予測にもとづい

ワインは毎日飲むもの、私はそう考えている。

たシフトなのだが、いざスタートしてみたら、客は来るときはたくさん来る、来ないときは全然来ない、というリゾート地の店と同じパターンであることが判明し、判明したときは手遅れだった。ほとんど売り上げが立たない日もあったし、正午前にランチが終了する日もあった。開店した年はまだ自家製ワインが間に合わず、最初の2、3年はワイナリーにきたのにワインを買えないお客さんが多かった。

2年目から5、6年目までは、試行錯誤の連続だった。毎年のようにシェフが入れ替わり、まともなチームが編成できなかった。結局、1500円のランチは取り止めとなり、倍以上の値段でフランス料理のコースを出すことに落ち着いた。最初の思惑とはかけ離れてしまったが、わざわざ遠くからくるお客さんのあいだでは、せっかく小さな贅沢をしようと思ってやってきたのだから、やっぱりそれなりの料理が食べたい、という意見が多かった。実際、1500円で40人では、採算が合うはずもなかったのだ。

素人商売は、散々のスタートだった。いまでも、当時から来てくださっている常連のお客様とその頃の思い出話をすることがあるのだが、あんなにひどい状態だったのに、よくぞ見限ることなく再訪し続けてくれたものだと、感謝せずにはいられない。きっと、出来の悪い子供の成長を見守る親のような気持ちでいてくれたのだろう。

ようやく落ち着いてレストランのようすを眺めることができるようになったのは、ここ数年のことだろうか。もちろん、毎年のようにスタッフの入れ替えがあったり、季節と天気に左右される売り上げに一喜一憂する水商売の悩みに変わりはないものの、長く勤めて環境や仕事に慣れた料理人たちやサービス担当のスタッフのおかげで、右手の団扇を一瞬だけ左手に持ち替えるくらいのことはできるようになった。

どんなに苦労をしてもすぐに忘れる性質なので、過去の嫌な出来事は美しい思い出の箱にしまってあり、いまは「レストランをやってよかった」という思いしか私にはない。

食卓を囲んで、家族や仲間や気の置けない友人たちが集う。付き合いはじめたカップルや、これからパートナーになろうとするビジネスパーソンが、食事をともにすることでたがいを理解しようとする。レストランにはさまざまな顧客が集まるが、ワインのある食卓は人と人とを繋いでいく。

ストレスを両肩に背負ったまま、1枚のドアを開けただけで店内に入り席に着く都会のレストランと違って、ヴィラデストでは、これから山の上に行こう、というだけで心が弾み、どこまでも広い空

メニューを見る瞬間。いくつになってもわくわくする。

スペシャル・コースの前菜は何種類かを取り分けスタイルで。これは「アナゴのソテーと野菜の軽い煮込み カレー風味」。

「『アンドロマクの会』のみなさま、本日のメインは、『ブレス鶏プーレのロティ・トリュフ風味』でございます」。

学生時代からの古い友人と囲む食卓ほど、気の置けないものはない。

ブレス鶏に合わせて、秘蔵のコレクションから2011年のヴィニュロンズリザーブを。

出会いから半世紀。まさか自分のワイナリーで集うようになるとは。

と里山からの眺めにテンションが上がって、席に着いたときにはすでに、さあ、これから過ごす時間を目一杯楽しむぞ、というオーラが満開だ。

私はそのようすを少し遠くから眺めながら、そう、私はこんな場所をつくりたかったのだ、と、いつも思う。

自宅に客を呼んで接待するのも楽しいが、レストランならもっともっと大勢の人たちを迎えることができる。食卓を囲んで楽しそうに時間を過ごしている人びとのようすを、そっと遠くから眺めていることもできるし、ときには出て行ってそこに参加することもできる。最初は友だちが客としてやってきたが、そのうちにやってくるお客様が友だちになった。レストランをやらなければ、こんなに多くの人と知り合うこともなかっただろう。隠遁生活とはまったく反対の結果になってしまったが、これはこれで悪くない……というか、古くからの友人たちは、玉村に隠遁なんかできるわけがない、と口を揃えて言うから、きっとこのほうが性に合っているのだろう。

レストランというフランス語は、もともと滋養に富んだ肉や野菜のスープにつけられた名前で、人を元気にする、弱ったからだを立て直す、といった意味があったらしい。現代のレストランは、そこへ来ると誰もが楽しくなる、人が幸福になる舞台を提供するのが仕事である。おいしい料理とワインを前にして、いかにも楽しそうに談笑している人たちを眺めながら、私はときどき、「レストランほど素敵な商売はない……」と呟くことがある。

フレッシュハーブティはカフェの定番。

ランチメニューから、人気の一品。
「骨付き“信州紅酔豚”の炭火焼き」。

ワインが生まれた
畑を見ながら飲む
ワインは格別。

2004年、カフェをオープン。
ブドウ畑を望みながら
ワインを味わう至福のひとときを

オープンテラスだった開店当初のようす。お茶を飲むための絶好のポイントであったが、あまりの風の強さにあえなく窓を設置。現在はサンルーム風となっている。

ヴィラデストカフェの空間

名前をカフェとした理由は、最初はサンドイッチ程度の提供を考えていた、というメニューの問題もあるが、なによりも、店を開けたら休憩なしに閉店まで営業する、という形態にあった。レストランはランチが終わったらいったん店を閉めて休憩し、また夕方からオープンする。カフェは、ランチタイムに食事を提供する場合でもそのまま休まず営業を続け、お茶だけで時間を過ごす客を迎えるものだ。遠くからこんな山の上にまでわざわざやってきてくれるのだから、来てみたら閉まっていました、では悪いだろう。そう思って10時から日没まで、休みなく開けることにしたのだった。

カフェという形態と名称は決めたものの、実際にどう呼ぶかについては打ち合わせていなかった。が、開店の前に問い合わせの電話に出たスタッフが、「はい、ヴィラデストカフェです」と答えているのを聞いて、それもいいかと思い、「ヴィラデスト・ワイナリーカフェ」でも「カフェ・ヴィラデスト」でもなく、「ヴィラデスト」と「カフェ」を一気に続けて呼ぶことになった。

客席は、10人くらいが同時に座れる大きなテーブルを中心に置いてみたが、相席は嫌だと言う人が多かったので、間もなく止めた。テラス席は、お茶を飲む人のためにつくったので、屋根もないまったくのオープンテラスだった。晴れた日の開放感は素晴らしいもの

まずゲストの目を引くのは、
ガーデンから摘まれた季節の花々。

グラスもプレートもヴィラデストのオリジナル。

だったが、雨の日は使えないし、風が吹くと卓上のものが飛ぶ。景色を見て食事もそこでしたいというお客様が増えたので、食事の途中で雨や風に襲われると皿を抱えて室内に避難する人たちで大騒ぎになった。とんでもない店である。

2年目にはテラスに屋根をかけて現在の状態になったが、もともと一列に丸いテーブルを並べるつもりで設計したので、テラスの幅が狭い。コーヒーを飲むだけならともかく、食事の皿を並べるレストランでは、テーブルの大きさは最低でも幅60センチ、奥行70センチはほしいところだ。が、テラスの幅は約3メートルしかないので、60センチ幅のテーブルを左右に4個並べると、その間にできる通路が狭過ぎて通れない。ギリギリ55センチ幅のテーブルを特注したのは、ニューヨークで行った人気フランス料理店の中に、驚くほど小さなテーブルの店があり、横幅を測ってみたら55センチだったからである。

カフェ（レストラン）の客席の配置にはいつも苦労している。席数を増やせば窮屈になるし、減らせばせっかくやってきたのに食事を楽しめる人が少なくなる。私は小さなテーブルが隙間なく詰めて並べられ、壁際の席の客が出入りするときは隣で食事中の客が立ってテーブルを引かなければ通れない、パリのビストロのような雰囲気も大好きなのだが、日本ではそうもいくまい。ヴィラデストカフェの経営にかかわる私と妻とその妹は、いつかワイナリーの建物を丸ごと改造して、理想的なカフェレストランをつくりたいね、といいながら、ジャンボ宝くじを欠かさず買うようにしている。

カフェの主人とマダムとしてゲストを迎える。この姿も15年近く経って、
だいぶ板についてきた……か？

ガーデンファームのアイドル・ヤギ子。本日ももくもくと草を食む。

第四章

ヴィラデスト・ガーデンファーム

ヴィラデストの原点

人生の後半は、田園に隠遁して「世俗から遠く離れて」暮らそうと思っていたのに、その歯車が狂いはじめたのは、あれは何年の頃だったか、引っ越してから2、3年くらいかと思うのだが、妻が、そのとき畑仕事や私の秘書仕事などを手伝ってもらっていた何人かの女性たちといっしょに、離れの軒下で乾燥させたハーブを袋に詰めているのを見た、あのときからだったと私の中では確信している。

私がそこを通りかかったとき、もう作業はだいぶ進行していたようで、透明の袋に詰められたハーブティーが、籠の中にいくつも積み上げられていた。そのうちのひとつを私が手にとって、なにげなく袋の裏側を見ると、「連絡先」としてヴィラデストの名前と住所が記されていた。

「これ、どうするの?」嫌な予感がしてそう訊ねた私に、妻はあたりまえのようにこう答えた。「どうするの……って、離山房で売ってもらうのよ」

軽井沢の喫茶店『離山房(りざんぼう)』は、ビートルズのジョン・レノンが愛した店として知られているが、私たち夫婦が東京から信州への移住を決断するきっかけとなった店である。ご主人の故・槙野尚一さんは、私が駆け出しのライターの頃お世話になった新聞社のカメラマンで、定年を機に軽井沢の塩沢通りに喫茶店を開いた。そこに通っているうちに、ひょんなことから田舎暮らしをしてみないかという話になり、38歳のときに移住したのだった。

「売る……のは、いいけど、これを見たら、問い合わせがくるよね」

「製造者の連絡先は、かならず表示しなければいけないの」

私は、それ以上は言わなかったが、こっそり世間の目から逃れようとしていた自宅の住所や電話番号が、こんなふうに公開されたら、隠遁は諦めなければならないか……と、そのとき思ったのである。

いまにして思えば、文章を書いて発表する職業、それも身辺雑記をおもな題材にするエッセイストである限り、世間という名の読者から逃れて暮らすことなど、そもそもあり得ない話なのだ。結婚するまで、妻は東京でグラフィックデザイナーの仕事をしていた。結局、この頃から私が本格的に絵を描くようになり、妻がそれをデザインして食器や文具などを

フレッシュな香りがハーブ収穫のご褒美。

つくるようになっていくのだが、二人ともモノをつくることが好きで、つくった以上は誰かに見てもらいたい、あるいは使ってもらいたい、表現者であることを止められない人間なのだろう。田園の暮らしがとりあえず安定すると、その快楽を表現したいという欲求が芽生えてくるのは、当然の成り行きだったに違いない。

野菜をつくって出荷する、というのも表現活動のひとつだが、より人目に触れる時間が長い、ドライフラワーやハーブティー、リースなどの植物作品が、しだいに多くつくられるようになっていった。

妻が農業に興味をもつようになったのは、長野県御代田の村田ユリさんの農園に通うようになってからである。

村田ユリさんは新潟の素封家の出身で、若くして建築家と結婚してドイツに暮らし、帰国してからは小さい頃から好きだった植物の研究を志した。南ドイツの風景に似た風光が気に入ったといって御代田に居を構え、6000坪の農園を開いてジャーマンアイリスを栽培した。園内にはジャーマンアイリスだけでなく、冷涼な気候で育つ花卉やハーブや野菜がいたるところに植えられ、その多くが名前を聞いたこともない珍しいものだった。

私たちが知遇を得たときはすでに銀髪の美しい老婦人で、立ち上げた園芸会社の経営からも退いて、大きな邸宅に単身でお住まいになっていた。妻はそこへ足繁く通いながら、農作業の手ほどきを受け、花やハーブの奥深い魅力を教えられ、ユリさんの信念とライフスタイルに感化されていった。

「植物の名前は学名で覚えなさい」

妻がユリさんから教わったことのひとつである。日本語や英語の呼び名ではなく、世界共通のラテン語による学名で覚えておけば、世界中どこの国へ行っても園芸家とコミュニケーションが取れるし、園芸店で求める品種の種を買うこともできる。ユリさんは毎日の農作業が終わると日記をつけ、観察した植物の名前を学名で記した。ときにはその姿を植物画に残し、食べられる植物は自分で料理した。

「この樹は、種から育てたのよ」

目の前にあるのは見上げるほど大きなシラカバの太い幹だ。この大木を、一粒の小さな種から育てる……聞けば驚くが、たしかに樹木だって種から育つのだ。たとえばいまヴィラデストの「玉さんバー」のデッキにある大きな合歓の木は種から育てたものである。

つまり、植物を育てれば、残された植物が、その人の生きかたを表現する。いや、どんな植物を、どんなふうに選んで、どう育てるか。育てる人によってそこからひとつひとつ違った個性的な結果が生まれてくる農業という営みそのものが、その土地の風と光と土を媒介（メディア）として成り立つアートなのだ……。

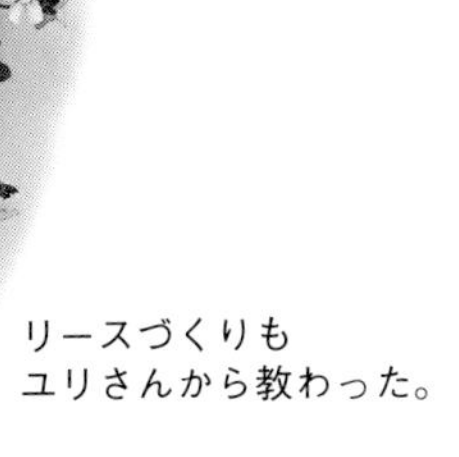

リースづくりも
ユリさんから教わった。

ユリさんからは、リースづくりも教わった（彼女は結婚後単身アメリカに留学してフラワーアレンジメントを学んだその道の先駆者だった）が、育てた植物からさまざまな作品をつくることだけでなく、そうやって毎日を暮らすライフスタイルそのものが自己表現になるのだということを、私たちは学んだのである。

農業をやろう、といって眺めのよい土地を探したのは、農園を営む暮らしによって自分たちのスタイルを表現しよう、ということだった。当時はそこまで深く考えてはいなかったが、『田園の快楽』という本にまとめた私たちの暮らしぶりが、多くの人の共感を得た理由もそこにあるのだろう。

その意味で、当初の計画と違ってワイン畑ばかりがたくさん増え、「庭のように小さな農園」（ガーデンファーム）で夫婦が畑づくりをはじめた頃の面影は、ワイナリーの建物と道を隔てたところにある、現在のガーデンくらいにしか残っていない。が、私たちの営みを見て自分もブドウを育ててワインをつくりたいと思う人が増え、それぞれにワインをつくる農業を自己表現の手段と考えて頑張っているのは、私たちが播いた木の種が、そろそろ芽を出しはじめたということかもしれない。

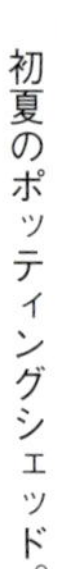

初夏のポッティングシェッド。

初夏は、ガーデンが一年でもっとも
美しい季節かもしれない。パーゴラ
やテラスでくつろぐお客様も多い。

ガーデンファームのガーデン

私たちが「ガーデン」と呼んでいるスペースは、600坪ほどの一塊の農地である。もともとは実生のアカマツの灌木が乱雑に生えていた荒廃地で、いまの場所にワイナリーをつくることを決めたとき、訪ねて来る人たちが否応なくその前を通る場所だから、もう少しきれいにしておかなくては、と思って地主さんと交渉して借りることにした。アカマツの灌木のほか、そこにはありとあらゆる雑草が野放図にはびこっており、スタッフ全員が総出で刈り取ったり引き抜いたり、農地として使えるようにするまでには大変な労力が必要だったことを覚えている。

緑色の農具小屋は、英国の農家によくある「ポッティングシェッド」（植木鉢や園芸道具などをしまっておく小さな農具小屋）を模したもので、これもスタッフの手づくりである（だから柱の一本がやや傾いている）。小屋の周りは、各種の野菜を栽培するキッチンガーデンになっている。野菜の畑は「ガーデン」以外にもあるのだが、ワイナリーを訪ねて来る家族連れのお客様が、ナスはこんなふうに

なっているのよ、とか、ズッキーニってこんな植物なんだ、と、子供に教えたり大人が学んだりするための野菜畑だ。ときにはキッチンからシェフがやってきて、必要な野菜を採っていく実用的な畑でもある。

「ガーデン」にはさまざまな花や、ベリーの実る木が植えられているが、花は収穫した後、事務所棟にある乾燥室に保管しておき、ショップで販売するリースやドライフラワーの材料になる。ベリー類は、いうまでもなく、ジャムにする。

つまり、規模は小さいが、「ガーデン」というのは単なる庭ではなく、私たち夫婦が27年前にはじめようとした農園（ガーデンファーム）の、縮図のようなものなのだ。いまはブドウ畑の広大な「ファーム」が周囲を取り囲んでいるために、花やハーブや野菜を育てる本来の農園のスペースは小さな「ガーデン」に押し込められてしまった……といえばよいだろうか。

私がヴィラデストを訪ねて来る人たちを案内するときは、まず「ガーデン」に連れて行き、パーゴラのあるテラスに立って北アルプスを遠望する風景を示しながら、この土地はかつて養蚕が盛んだった頃には桑山として利用されていたこと、その後、放置されていた土地の一部を私たち夫婦が手に入れて開墾をはじめたこと、その結果、いまは近隣の桑山の跡地もワイン畑として次々に再利用され、この一帯は「千曲川ワインバレー」と呼ばれるプレミアムワインの産地として脚光を浴びていること……などを説明する。

きれいに管理するには手間がかかるが、わずか600坪の農地につくられた「ガーデン」は、ヴィラデストの物語を理解してもらうために欠かせない存在なのである。

1997年秋に代官山の「ガーデンファーム」ショップ開業

ハーブティーからはじまって、リースやドライフラワーなど植物の作品のほか、私が描いた絵をデザインした洋皿、水彩の植物画やパリの風景画をモチーフにした絵葉書など、少しずつヴィラデストの暮らしから生まれたグッズが増えていく頃、代官山（恵比寿西）の妻の実家の近くに新しいマンションができて、1階の角にある店舗スペースを使わないか、という話が舞い込んだ。

それは桜の古木がある小さな庭のついた素敵な一角で、新築だからインテリアは好きにデザインしてよいという好条件もあり、思い切って私たちは東京に店をもつことにした。店の名前は、『ヴィラデスト・ガーデンファーム』。階段の板はタイからチーク材を輸入し、壁はレンガを貼った上から白い漆喰を塗って、塗った漆喰の一部を乾いてからわざと剥がして古びた感じを演出する（埃まみれになりながら私がサンダーで削った）など、例によって凝った内装に仕上げて商品を並べた。

開店は、1997年11月20日。最初の2日間は友人知人が大挙して来てくれたので超満員の盛況だったが、ご祝儀の来

代官山「ガーデンファーム」の正面入り口。右側に桜の古木があった。入ると正面に野菜柄の絵皿が見えるのは、現在のワイナリーの店と同じ。

写真・Nacasa & Partners Inc.

懐かしき代官山時代の「ガーデンファーム」ショップ。地下ではタイの工芸品や食器などを扱っていた。
写真・Nacasa & Partners Inc.

客が終わった3日目からはガラガラ。5日目には山一證券の経営破綻が知らされる、不況の時代のはじまりだった。私と妻と妹は毎週交代で上京して店番をし、客商売の楽しさと難しさを味わった。

代官山の「ガーデンファーム」は5年あまり営業を続けた。閉店したのは、ワイナリーの建設が決まったからだ。ワイナリーができたら、代官山のショップはそっくりそのままワイナリーの建物の中に組み込んで、『ヴィラデスト・ガーデンファーム』として営業を続けることにしたのである。

店は2003年の春に閉店し、使っていたショップの家具や什器（自分でデザインして木工業者に特注した）はすべて取り外して倉庫に保管しておき、9月にワイナリーの建物が完成すると、その入り口にあたるスペースに寸法を微調整しながらすっぽりと収めた。

現在のショップにある家具や什器の多く（とくに下が引き出しになっている商品陳列台のすべて）は、代官山時代から受け継がれたものである。引き出しについている真鍮製の円形の把手は、真ん中の円が外周と同心円になっているデザインのものが（その頃の）日本にはなく、どうしてもほしくてパリまで行って買ってきたものだ。同じものは自宅の家具にも使われているが、その金物店は業者にしか売らないというので、知人を介してフランス人の建築家を紹介してもらい、出入り業者と偽って買いに行ったという、馬鹿馬鹿しい執着ぶりを思い出す。

もちろん、あれから15年が経過し、新しい家具や什器が次々と加わったので、現在のショップは昔の代官山のそれとは違っている。が、私たちの意識の中ではひと繋がりのもので、私たちのライフスタイルを表現するショールームの役割をになっていることにも変わりはない。

正面の棚に並んでいる絵皿は、代官山に店を構えた最初期の頃から続いているヴィラデストの定番商品だ。

これをつくったきっかけは、画廊と契約して私の絵画作品が市場に出回るようになった頃、その画廊が淡路島にスペインの画家J・トレンツ・リャドの美術館をつくることになり、併設するレストラン（1995年オープン）のプロデュースをまかされたことにある。レストランの売りものはスペインを中心とする地中海料理で、淡路島の名産はタマネギだから、まずタマネギとトマトとトウガラシの絵を描いた3種類のオリジナルプレートに、オリーブ柄の小皿とマグカップを制作した。以来、今日まで、数多くの種類の絵柄を使った食器をつくってきたが、廃番になる商品も多い中で、皿のモチーフとしては珍しいタマネギ柄がつねに存続しているのは、昔を偲ぶよすがなのである。

代官山の店には日に何度も行って、並べ方までチェックした。

愛用のハサミをデッサンした、初期のマグカップ。

大小さまざまなサイズの、皿、鉢、カップ……ヴィラデストの商品の中心となっているのが食器で、ランチョンマットやカトラリー、グラスや箸置きまで含めると食卓関係のアイテムは夥しい数を占めるが、これは、「畑で育てた野菜を採ってきて料理し、好きな空間を設えてそこで楽しく食べる」という、「田園の快楽」を端的に示すイメージを表現するためだ（レストランの厨房は裏口が建物の入り口に面していて、畑から運ばれた野菜がオープンキッチンで調理されてそのまま食卓に並ぶようすが、全部見えるように設計されているのもそのためだ）。

ショップでは、剪定バサミや農作業用の手袋などを店頭に並べているし、長靴も売っている。食器に農具、文房具に本とワインと絵葉書……というショップの基本的な品揃えは、昼は畑に出で野良仕事、日が暮れたら採れた野菜で料理をつくってワインで乾杯、雨の日は書斎かアトリエで仕事をし、できた絵を見て妻はデザインを考える……という、最初期からの私たちの暮らしのかたちを示していることに、気がついてもらえたらうれしい。

野菜の絵皿はヴィラデストグッズの代表作。その後廃番になった柄もあれば、いまも残っているデザインもある。

ヴィラデストのショップは百花繚乱

ワインをはじめ、テーブルウェアから文具、ガーデングッズまで。この地に開店して15年、今や所狭しとアイテムが並ぶ。カフェへと続くショップ、ここにもヴィラデストの歴史が詰まっている。

左奥の棚も代官山時代から受け継がれたお気に入りだ。

1 トマトやタマネギ、ズッキーニ。食器のモチーフは、かつて自分たちで育てた野菜が多い。

2 草花をデッサンしたもの、風景を切り取ったもの……。絵葉書コーナーもじっくりと楽しんでほしい。

3 乾きものなどのおつまみやコルク置きにも重宝する楕円の小皿。ベストセラーのひとつだ。

4 ブドウをあしらったグラス各種は、カフェでも使われている。小さな花器の代わりにも。

5 もちろんショップのメインを飾るのは、当ワイナリーのワイン！　カフェでも存分に味わってほしい。

2

4

5

3

居間の暖炉の前で。昔も今も、
長い冬の夜はここで過ごす。

第五章

3人で204歳が囲む毎日の食卓

最近の食生活

私たち夫婦が引っ越してきてから3年後、妻の妹が敷地の一角に小さな家を建て、北海道から子供を連れて移住してきた。その後はそれぞれに忙しく暮らしていたが、妹の子供たちも独立し、ワイナリーをつくるための大騒ぎとレストランの営業をはじめてからのすったもんだが一段落すると、3人は当然だがそれぞれに歳を取っていた。24年前は3人合わせて132歳だったのに、いまではとっくに200歳を超えている。

その頃から変わりがないことといえば、我が家では毎日の料理を私がつくることだ。朝は料理といえるようなものは食べないし、昼は残りもので簡単に済ませるが、夕食のときは私が台所に立って、栄養のバランスを考えながら3～4品の料理をつくるのが慣わしだ。

料理は20代の頃から毎日つくっているから、夕食の支度をすることは苦にならない。ただ、若い頃と較べると、だんだん不精になって、手のかかる凝った料理

一日の多くを台所で過ごす。

我が家の毎日の食事を彩るのは、にぎやかなおしゃべり、笑い声、そしてワイン。

冬のローカロリーメニュー

クーブイリチー／白菜と茸のロースト／豚ヒレのオリーブ煮

をつくることは少なくなった。

東京でいっしょに住むようになってからしばらく経ったとき、私は妻からこう言われたのを覚えている。「たまにはフツーのものを食べさせてほしい」

きょうはギリシャ料理、きのうはベトナム料理、おとといは……毎日違った国の料理をテーブルに並べて待っている私に、言い難いけどきっと困っていたのだろう。たまにはご飯に味噌汁とか、ハンバーグとかカレーとか、ホッとする日常料理を食べたかった気持ちは、言われてみればわかる気がする。私がカレーをつくるといえば本格的なインドカレーで、タンドリチキンにライタとチャパティを添えたのだから。

その頃の私はヒマなフリーライターだったので、一日中家にいて料理をつくっていることが多かった。それまではマンションで一人暮らしをしていたが、そのときも夕食は世界の料理を手をかけて調理して、きれいに食器をセッティングしたテーブルで一人で食べていた。いま思うと、アブナイ料理オタクだった。

ヴィラデストに引っ越してからは、採れたての新鮮な野菜を使ってさまざまな料理をつくることに夢中になった。

ソーセージが食べたければ挽肉を腸に詰めるところからはじめるし、餃子やパスタを食べたいときは粉から手づくりする。台所が広いのでなんでもできる。友人を招いてのパーティーもよくやった。前の日やその前の日から準備して、凝った料理を何品も用意する。宴が終わってみんなを送り出した後は、妻も私もぐったりと疲れているが、ひと休みして後片付けにとりかかり、何時間か格闘してすべてがきれいになった台所で、「きょうは楽しかったね」といいながら二人で乾杯をするのがパーティーの醍醐味だ。

最近はめっきりそんな機会が少なくなった。体力的に難しくなってきたこともあるが、それよりもワイナリーにレストランができたことが理由である。友人や知人とは、レストランで会食をすればよいからだ。

自宅から歩いて1分もかからないところに自分の店があるのは、なんといっても幸せなことである。ひさしぶりに会いたいと昔の友人から連絡があれば、ランチかサパーを予約して食卓をともにすればよい。場合によっては特別な料理やコースを注文することもできる。もちろん一般のお客様の場合と変わらない料金とサービスで、とくにオーナー風を吹かすわけではないのだが、自分の経営する店で、しかも歩いて1分で帰れると思うと(片付けはしなくてよいし)、気分がラクである。

きょうは仕事が忙しいから、カフェで簡単に済ませようか、といって、二人で客になる日もある。電話を入れて席を確

クーブイリチー

こんなに簡単にできるのに
どうしてこんなにおいしいのか

[材料・作りやすい分量]
細切り昆布100グラ　豚肉少々
にんにく少々
オリーブオイル、鶏がらスープの素(顆粒)、日本酒、醤油

[作り方]
1 ナマの細切り昆布は洗ってから水を切っておく。
2 少量のオイルで刻んだにんにくと短い細切りにした豚肉を炒め、火が通ったら1の昆布を加える。
3 日本酒を注いで煮立たせ、鶏がらスープの素を入れてよく混ぜる。最後にわずかの醤油を加える。
4 汁が煮詰まったら出来上がり。

白菜と茸のロースト

ほかの仕事をしているうちに
全部オーブンがやってくれる

[材料・作りやすい分量]
白菜½個　茸(マイタケ、シイタケ、オウギタケなど1～2種類)白菜と同量程度
オリーブオイル、塩

[作り方]
1 白菜は根もとを切り取ってから、葉を大きく切り分ける。茸は石突きだけ切り落として、食べやすい大きさに手でほぐす。
2 白菜と茸を別々のバットに入れ、上からオリーブオイルをまわしかけ、塩を振る
3 180度に予熱したオーブンで、茸は8～9分、白菜は15分(か、それ以上)加熱する。途中で一度、天地を返して均等に加熱するとよい。

保してもらい、一品料理とサラダだけ頼んで、夕食はそれで終わり。都会に住んでいても好みの「ネイバーフッド・レストラン」（家のすぐ近くにある行きつけの店）を見つけるのは案外難しいもので、その点、気に入ったレストランが目と鼻の先にあるのはうれしい。

最近はめったに東京には行かない。病院の検査か入院か、友人の見舞いか葬式か、そんな老人づきあい以外ではわざわざ上京しないからだ。編集者との打ち合わせなどの仕事はまだ少しあるが、たいがいの場合は向こうから出張してくれるので、カフェでお茶を飲みながら打ち合わせをする。

地元では、ごくたまにソバか鰻を食べに行くことはあるが、ワイン会や隣組の飲み会がある場合を除けば、食事は家で、私がつくった料理を3人で食べることにしている。

若い頃は、この世には私が知らないもっとおいしいものがたくさんあるに違いない、と思っていたが、この歳になると、知らないものを食べてまずかったら損だ、と思うようになる。もう残された食事の回数は少ないのだから、はずれ籤（くじ）で貴重な1回を無駄にしたくない。

評判のレストランも、流行の料理も、これまでにさんざん食べてきたので、いまさら目新しい味もない。たまに誘われて東京の人気店に出かけて行くこともあるが、高い値段を取る店でも本当に感動するような料理には出合ったことがない。きっと歳をとって私の感受性が衰えているせいだろうと思うが、それならわざわざ出かけて行くこともない。

家でつくる料理も、だんだんレパートリーが少なくなってきた。もちろん、つくろうと思えばつくれる料理はたくさんあるけれども、簡単な手順でできて確実においしいと自分で思う、長年の経験から生き残ってきたレシピだけを、繰り返しつくるようになった。

夕食の時間は季節によって異なるが、だいたい6時から7時のあいだにスタートするので、その小一時間前に2階の書斎から台所に下りて来て準備をはじめる。手馴れた仕事なので、3～4品のおかずをつくるのにかかる時間は30分から45分である。長年の経験で、きょうの料理にはこのくらいの時間がかかるだろう、と予測した通り、ほぼピッタリの時間に出来上がるので、料理をはじめるときに妻と妹には食事がスタートする時間を伝えておく。二人は経理や商品開発やその他の会社の仕事で忙しいので、ときにはテーブルセッティングや下ごしらえの手伝いをしてくれることもあるが、料理はたいがい私が一人でつくり、時間になったら3人が集まって食事をはじめる（その代わり食後の片付けは彼女たちがやってくれる）。

豚ヒレのオリーブ煮

ダイエットメニューの問題は豚のヒレ肉にどうやって火を通すか

［材料・作りやすい分量］

豚ヒレ肉（1本丸のまま使う）

オリーブ（アンチョビ詰め）の缶詰

オリーブオイル、白ワイン

［作り方］

1 豚ヒレ肉は余分な脂肪を取り除き、全体を2つまたは3つに切る。

2 鍋に少量のオイルを引き、中火で肉の表面がうっすらと色づくまで炒める。

3 いったん取り出して休ませた後、肉を再び鍋に戻し、ごく弱火で肉を転がしながらじっくりと加熱する。低温が使えるオーブンがあれば、2の作業の後100～120度で15～20分加熱して、最後に再び強火で表面においしそうな焼き色がつくまで焼くとよい。フライパンで焼く場合は、ときどき火から外して熱を落とし、しばらくしてまた加熱する作業を繰り返すなど、弱火で長い時間をかけて肉が硬くならないようにする。火の通り具合は、箸の先を肉に当てて、弾力がどの程度あるかで判断する。わからない場合は長い肉の真ん中で切ってみて、色をたしかめる。まだ赤みが強ければ、そのまま再加熱して、最後に1ｾﾝﾁ程度の厚さに切り揃えればよい。

4 まだ火の通りが少し浅めの段階で肉を鍋に戻し、缶詰のオリーブと、缶の中の汁を半量加え、最後に少量の白ワインをまわしかけて少し煮る。

5 皿に肉とオリーブを盛り、残りの汁を強火で加熱して煮詰めて、上からかける。

老人の食事にしてはやや多過ぎる量の料理を、おいしいから食べ過ぎちゃうね、といいながら、ときどき膝に飛び乗っておねだりをする愛犬のピノにも少し分けてやりつつ、笑いながら食べる。最近はすっかりこのパターンが定着して、毎晩同じように3人で楽しい食卓を囲むことが、人生におけるもっとも幸せな時間だと感じるようになった。

3人合わせて、そろそろ204歳、それに7歳の柴犬ピノが加わるから、正確には合計211歳の食卓である。

一鍋入魂。「なすとシイタケのうま煮」の最終仕上げ中。甘醤油がポイント。

食べ飽きることのない、永遠の定番献立

くるみのせサラダ／なすとシイタケのうま煮／豚肉のロースト

くるみのせサラダ

ドレッシングはその日の気分だが
油とお酢は控えめにする

［材料・作りやすい分量］
チコリ・ロメインレタス・ラディッキオ各適量　くるみ適量
オリーブオイル、白バルサミコ酢、白ワイン酢（米酢かレモン汁でも）、塩

［作り方］
1 材料の葉はふつうのレタスでもサラダ菜でもなんでもよい。流水で洗ってから、よく水を切っておく。
2 くるみは殻を割り適当な大きさに砕く。湿っている場合は空炒りする。
3 1にオリーブオイル、やや甘みのある白バルサミコ酢、酸度の高い白ワイン酢（または米酢かレモン汁）を順に振りかける。
4 食卓に出す直前に3に塩を振って全体をよく混ぜ、上から砕いたくるみをのせる。いつも目分量でやるからドレッシングはその日の気分だが、酸っぱ過ぎないようにするのが肝腎。和風の料理に合わせたいときは白だしを加えても。カロリーを考えて油は控えめにする。

なすとシイタケのうま煮

オイスターソースと中華醬油
やや甘めに作るのがおいしさの秘訣

［材料・作りやすい分量］
なす2本　シイタケ2～3枚
オイスターソース、中華醬油、甘醬油、太白ゴマ油

［作り方］
1 なすは乱切りにして塩水に放つ。
2 シイタケは石突きを取って、切る。
3 なすを塩水から引き上げてよく水を絞り、少量のゴマ油で軽く炒めた後、バットに移して180度に予熱したオーブンで10～20分加熱する。
4 シイタケはバットに入れ、ゴマ油を少しかけて同じ温度のオーブンで8～10分焼く。
5 中華鍋にオイスターソース、甘みのないサラサラの中華醬油、どろどろの甘い中華醬油の3種類を、好みの味になる割合で混ぜる。味を見ているうちに作り過ぎたら、次に使うために取り分けておこう。
6 加熱して、煮立ってきたら3のなすと4のシイタケを投入して、よく絡める。

豚肉のロースト

豚肉の旨みが味わえる料理
ソースをいろいろに変えながら

［材料・作りやすい分量］
豚肩ロース肉（ブロック）400グラム
オリーブオイル、醬油、塩

［作り方］
1 豚の肩ロース肉を、厚さ2センチ程度に切る。
2 両面に軽く塩をしてから、ノンスティックフライパンで、表面にうっすらと焼き色がつくまで焼く。
3 2の豚肉を、少量のオリーブオイルを引いたバットに入れ、180度のオーブンで12分間加熱する。
4 オーブンから出した豚肉を10分ほど休ませた後、箸の先で触って焼け具合をたしかめながら、最後に強火でおいしそうな焼き色がつくまでフライパンで焼く。
5 食べやすい大きさに切って供する。
6 ソースは、フライパンに残った汁に醬油とオリーブオイルを混ぜたものに、唐辛子や柚子胡椒など好きなものを添えて別の小鉢などに入れて出す。

おもてなし料理は煮込みをメインに

牛ネック肉のトマトシチュー／焼きたこ&セビーチェ／焼き野菜盛り合わせ

牛ネック肉のトマトシチュー

ベースとなる茹で牛肉を作っておくとシチューにもカレーにもなるので重宝する

[材料・作りやすい分量]

牛ネック肉600グラム　ニンジン1〜2本　タマネギ1〜2個　にんにく・マッシュルーム各適宜　黒胡椒粒、塩、オリーブオイル、トマトペースト

[作り方]

1 牛ネック肉は、余分な筋と脂を掃除してから、5〜6センチ角を目安に切る。

2 ニンジンは食べやすい大きさに切る。タマネギ、マッシュルームはスライスに、にんにくは半量をみじん切りにする。

3 1の肉を冷水で洗って余分な血を抜いてから、水を張った深鍋に入れて火をつける。強火で沸騰するまで加熱し、浮いてきたアクを丁寧にすくい取る。

4 アクが取れたら火を弱め、ニンジン、そのままのにんにくと黒胡椒の粒を入れて2時間煮る。

5 浅い鍋にオイルを入れ、タマネギとにんにくのみじん切りを炒め、トマトペーストと4のスープを加えて煮詰める。

6 4から取り出した茹で牛肉を5の鍋に入れ、全体の味をみて薄ければ塩を足し、マッシュルームを加えてさらに煮込む。

焼きたこ&セビーチェ

うちへ来る人はかならずこれを食べる白ワインにぴったりの定番前菜

[材料・作りやすい分量]

茹でダコ1パック　タイ・サーモン各適宜　オリーブオイル、唐辛子粉、醤油、塩、ライム

[作り方]

1 スーパーから茹でダコのパックと、刺身用のタイとサーモンを（まだ刺身に切っていない）サクの状態で買ってくる。

2 タコは数センチくらいに切り、ガスの直火にかけた網で表面が黒く焦げるまで焼く。冷めたら食べやすい大きさにカットしてオリーブオイルに絡め、少量の醤油を垂らして唐辛子粉を振りかける。

3 タイとサーモンはそれぞれ薄いそぎ切りにしてバットに入れ、ちょっと多過ぎると思われるくらいの塩を振ってから、ライムの果汁をたっぷり搾りかけて、指先で揉んでよく混ぜ合わせる。

4 3のタイとサーモンは、冷蔵庫で1時間ほど寝かせてから取り出し、かたちをととのえて2と皿に盛る。

焼き野菜盛り合わせ

その季節にある野菜はなんでも焼くベジタブルファーストの健康的前菜

[材料・作りやすい分量]

カブ1個　レンコン½本　ニンジン1本　赤パプリカ・黄パプリカ各1個　ブロッコリ1房　白マイタケ適量　オリーブオイル、醤油

[作り方]

1 カブは葉を落として6〜8等分に切る。

2 レンコンは不均等な厚さの輪切りにして酢水に放っておく。

3 ニンジンは適当な大きさに切ってから硬そうな場合は軽く下茹でしておく。

4 パプリカは種を取って乱切りに、ブロッコリは房を半分にカットする。白マイタケは手でほぐしておく。

5 ガス台に焼き網をのせて、それぞれの野菜を、順番に直火で焼く。おいしそうな焼き色がついて食べられる柔らかさになったら火から外し、ボウルに入れてオリーブオイルを絡め、最後にほんのわずかの醤油を振って全体をよく混ぜ合わせる。

27年経った家のこと

自宅を建てるとき私たちは、「できた途端にもう10年は経っているように見える家、できてから20年くらいしたときにもっとも美しくなる家」をつくってほしい、と建築家に要望した。が、昔の写真を見ると、やっぱり、できた途端がいちばん美しかった。

1991年8月、まだコンクリートの躯体ができたばかりの工事現場に、とりあえずゲストルームにする予定の離れの小部屋だけ鍵がかけられるようにしてもらい、強引に引っ越してきた。内装工事は台所と寝室を優先したので、9月には台所ができて家の中で料理をすることができるようになり、10月からは寝室で眠れるようになった。が、まだ雨の日は、寝室から台所へ行くのに傘を差さなければならなかった。すべてが完成したのは、暮れも押し詰まった12月30日のことである。

あれから、27年。どんな家でも築10年も経つとあちこちに不具合が出てくるもので、我が家もおもに設備や電気などの分野でいくつかの改修を繰り返してきたが、本体の構造にはまったく手を加えていない。さすがに建築家が「この家は100年もちますよ」と自慢しただけあって（私たちは「どうせ死ぬんだから

冬枯れの景色も美しい。

1991年秋。ヴィラデストで一番眺めのいい場所に台所を設けた。

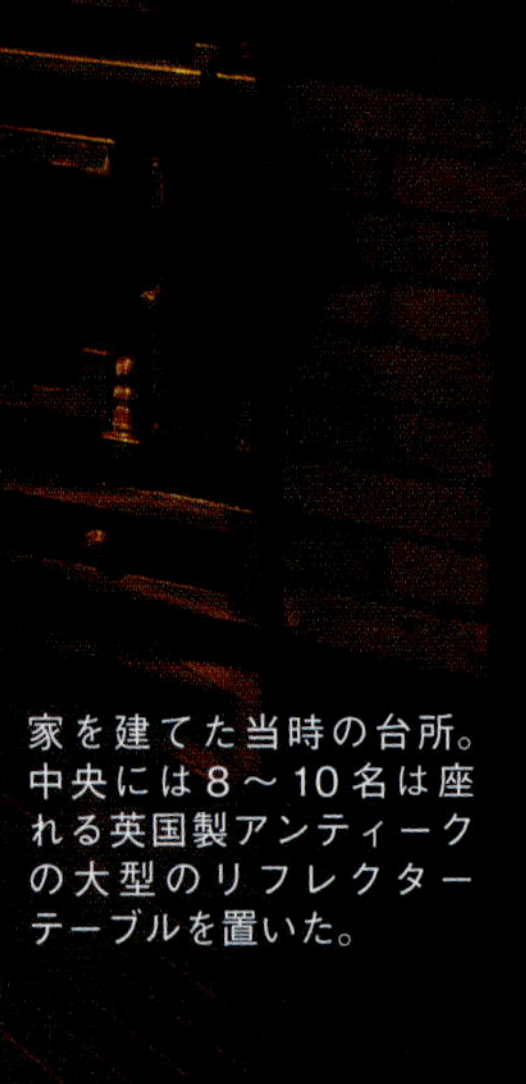

家を建てた当時の台所。中央には8～10名は座れる英国製アンティークの大型のリフレクターテーブルを置いた。

自宅の随所を飾るのは、27年間の旅の証。

火回りはフランス製ラ・コルニュ社のクッキング・ストーブ、中華料理用のハイカロリーバーナー、魚焼き器、炭や薪をおこすことのできる調理用暖炉を揃えた。上の写真は現在、下が新築の頃。27年の間に変わったことといえば、簡単なオーブンを兼ねた電子レンジとIHヒーターが加わった程度か。大窓から見える木々たちもたくましい姿になったが、台所から望む景色の美しさは変わることがない。

台所の左奥にあるダイニング。大理石の丸テーブルはタイで見つけて一目ぼれして運んだもの。下の写真のように最初の頃はすっきりしていた窓辺も、現在ではマイブームとなった感のあるミニサボテンのコレクションが幅を利かせている。ダイニングといいながら、もっぱら最近はお茶を飲んだり、仕事をしたりの空間となっている。

上・玄関には父・玉村方久斗の作品とラオスで買った鳥の置もの。

下・世界各地で出合った象やウサギの置物がリビングのあちらこちらに。一体何匹いるのだろうか……？

そんなにもたなくてもいい」と言ったのだが）、分厚いコンクリートの壁でできた建物は頑丈で、だいいち壊すのも大変だからどこもいじっていないのだ。

改造したといえば、だいぶ前に大きなバスルームを潰して洗濯場にしたのと、最近、台所とサンルームに続くスペースを隔てていた壁を取り払ったことくらいである。

台所は6メートル四方あって、みんなが集まるのに十分な広さだった。「サンルームに続くスペース」というのは、台所の隣の、食堂と居間（応接間）とサンルームの3部屋を繋ぐ位置にある、6畳ほどのスペースである。とくに目的がある部屋というわけではないので、その位置から、通路のように使われてきた。

そのスペースと台所との間にあった隔壁を取り払ったら、台所の端から南側のサンルームまでが一気に見渡せるようになり、大きな、開放感のある気持ちのよい空間になった。

台所には、昔からある8人ほど座れる大きなテーブルがいまも置いてあるが、私たちは新しくできた空間の一角に丸いテーブルをもってきて、3人のときはそこで食事をするようになった。

この改造を提案したのは妻で、本当は昔からこうしたかった、と言う。

たしかに、家をつくるとき、台所との間に隔壁をつくるよう主張したのは私だった。

私はここに、バーをつくりたかったのだ。この位置にバーをつくれば、食事やパーティーをはじめる前に、シャンパンを開けたりカクテルをつくったりしてサービスすることができるだろう。お客さんにはそのアペリティフ（食前酒）をもってサロン（応接間）でくつろいでもらうか、あるいはそのまま食堂のテーブルについてもらってもよい。料理の準備をすべて終えた私が、あとはサービスの段取りだけ考えながら、お客さんと会話を楽しむハレの時間だ。

プランはすっかり出来上がっていた。台所との隔壁を背にして、小さなカウンターを置く。水道と流しを備えた本格的なバーカウンターである。バックバーにはボトルを飾り、一部は開閉できるガラスの窓にして、台所とやりとりができるようにする。そのガラスに彫り込む〈VILLA D'EST〉という飾り文字まで、デザインが済んでいた。

しかし、結局は、これ以上設備を増設するのは予算的に無理、ということがわかり、バー計画は挫折した。でも隔壁だけ残してくれたのは、妻の思いやりだったのか……。

カウンターができなかったので、代わりに、英国製アンティークの大きな台を置き、そこに酒瓶を並べることにした。この台は横幅が2メートル40センチもあ

東南アジアの籠や器の優美なフォルムは見飽きない。

る大きなもので、引き出しの下の棚の扉には、ブドウ模様のレリーフが厚板から彫り出してある。天板は緑色の大理石で、もともとは化粧台として使われたものらしく、大理石の両端には大きな鏡の脚を挿し込むための穴が開いている。

この台は、12年間その場所でバーカウンターの代わりに使われていたが、2003年にワイナリーができるとその建物に移され、オープンキッチンとカフェの接客スペースとの間に置かれて、本物のバーカウンターとなった。

現在、ショップからカフェに入ったところの右手にある、サービスカウンターがそれである。カウンターの正面のデザインをどうするか、悩んでいるときに、そういえばあの台があった、と思い出したのだ。もともとの台の背中側を一部壊して、シンクと冷蔵庫と製氷機を組み込んだら、ワイナリーのカフェにぴったりのカウンターが出来上がった。ただし、そこにブドウ模様が彫り込まれていたのは偶然である。

隠遁するために建てた家にバーカウンターをつくろうとするのもどうかと思うが、アンティークの化粧台がカフェのカウンターになったように、いずれはいま住んでいる自宅の全体が、一般に公開されることになるかもしれない、という予感はある。私たちがいなくなったら、誰かがこの家を買い取って、オーベルジュにでもするのではないか。

自宅をオーベルジュにするにはどうしたらよいか、実は私も改造プランを考えているのだが、それまでにはまだ時間がありそうなので、当面は足腰が立たなくなったときのエレベーターの設置や、這いながら暮らせる老人部屋の設計など、身近な問題を優先して考えようと思っているが、100年以上は確実にもつコンクリートの箱が、将来どんな変貌を遂げるのか楽しみである。

香港で出合った薬箱。

不敵さが愛らしいタイの寝坊主。

真田紐を思わせる中国のアンティーク紐。

2015年春に開業した「アルカンヴィーニュ」のテラスから。

第六章

私のライフワーク

アルカンヴィーニュ

人生は、まったくどう転ぶかわからないものだ。

ヴィラデストワイナリーをつくるとき、60歳を目前にして1億円以上の借金を背負うことに、妻や妹が猛反対したのは当然だった。実際、ワイナリーとレストランがオープンしてからも、毎日がハプニングの連続で、会社が潰れるか自分たちが倒れるか、一年先さえ予想できず、10年後はどうなっているかなど想像することもできなかった。

それが、スタートしてからおよそ10年後の2014年、私は日本ワイン農業研究所という新しい会社をつくり、もうひとつのワイナリー「アルカンヴィーニュ」の建設に着手していた。まさか、一生のうちに二つもワイナリーをつくるなんて……。

ヴィラデストができてから、個人でも小さなワイナリーを立ち上げることができることを知って、自分もブドウを育ててワインをつくりたい、といって相談に来る人たちが急に増えた。

だいたい、平均年齢45歳前後の、男性が多い。職業はさまざまだが、金融関係、IT関係、医師などさまざまだが、いまの仕事を明日にでも辞めて、後半生をワインづくりに捧げたいと、口を揃えて言う。農協や市役所に相談に行っても、そんなバカなことはおよしなさい、と諭されるだけで、まともに取り合ってくれないから、そんな「バカな考え」を思いつくきっかけとなった私に直接会いに来るのだが、そう言われると私もさすがに一片の責任を感じて、なんとかしなければならない、と思うようになった。

そんなとき、上田市の出身で東京で金融関係の仕事をしている人が、東御から上田にかけての千曲川沿岸に小規模ワイナリーを集積させることで、父祖の地を経済的に活性化したい、といって相談に来た。資金を募って基盤となるワイナリーをつくり、次代につながる実践者を育成するシステムをつくりたい、というので、私は栽培醸造の実際やワイナリー経営の問題点、ワイン業界の実情やその将来性について、約1年間にわたって何度もレクチャーし、計画を細部まで検討して、彼が投資を決断する寸前まで行ったのだが……ブドウの苗木を発注する段階で、計画は突如中止となってしまった。

「千曲川ワインバレー」の具体的なイ

アルカンヴィーニュはヴィラデストから車で数分の山腹にある。

メージも、「小規模ワイナリーの集積」というコンセプトも、実は私のオリジナルではなく、その人の問いかけに答えているうちにまとまってきたものだ。そして、当事者が突然諦めて放り出した計画を、傍観者だったはずの私がなぜか引き受ける羽目になるのも、大手酒造会社の代わりにヴィラデストワイナリーをつくった経緯とそっくり同じである。

　自分でまた借金をしてもうひとつワイナリーをつくったり、みずから学校を立ち上げて次世代を育成したり……という考えはまったくなかったが、ニュージーランドやアメリカの各州で急速にワイン産業が発展して地域の経済を支えている現状を見ると、日本でもっともその可能性があるのがこの土地だろうと思われ、そのためには基盤となるワイナリーと人材を育成するアカデミーという二つの存在が必要であることは明白だった。

　だから、その背景とやるべきことを本に書いておけば、誰かがやってくれるだろうと思って『千曲川ワインバレー――新しい農業への視点』という本を書いたのである。そうしたら、刊行されて間もないその本を読んだ農林水産省の官民ファンドの役員たちが、ヴィラデストまで訪ねて来て、「玉村さん自身がそのプロジェクトを実行したらどうですか」と私に奨めたのだった。

　もちろん資金はゼロだったが、私はプロジェクトの仕組みを考えたりスケジュールを組んだりすることが好きなので、興味のありそうな人たちに呼びかけてアイデアを練りはじめた。が、しだいに話が具体的になるにつれ、どう考えても儲かりそうにない話だったせいか、一人去り、二人去り……結局、最後はほとんど私一人で細部まで計画を詰め、数多くの人たちに資金の提供をお願いし、結果的にはヴィラデストが主体となって「アルカンヴィーニュ」と「千曲川ワインアカデミー」をつくることになったのである。

　地域でブドウ栽培をはじめた人たちが、収穫したブドウを持ち込めばワインにしてくれる（委託醸造ができる）、ワイン産地の基盤となるワイナリー。

　同じ場所で開講されるアカデミーでブドウ栽培とワイン醸造とワイナリー経営を学ぶことができ、数年間いっしょに作業をしながら栽培と醸造の技術を身につけて、独立するまでさまざまの面でサポートしてもらえる「ゆりかご」ワイナリー。

　それが私の目指したもので、多額のファンドと補助金と支援金を積み重ね、68歳にして新しいミッションに挑戦することになった。

　アルカンヴィーニュという名前は、またしても造語である。

　フランス語で虹のことを「アルカンシ

自社ブランドのワインも購入可能。

試飲に訪れる人も増えてきた。

エル ARC-EN-CIEL」＝「空（シエル）にかかる弧（アルク）」と言うが、その「シエル（空）」を「ヴィーニュ（ブドウの樹）」に替えて、「アルカンヴィーニュ ARC-EN-VIGNE」としたのである。弧のように長く伸びたブドウの樹が、人と人とを繋いでいるイメージだ。

ヴィラデストという名前をようやく覚えたと思ったら、またわかりにくい造語を考えた……と友人からは言われるが、なかには「空き缶ビール」とか「熱燗ビール」とか覚える人もいて、難しい発音にも少しずつ慣れてもらっているようだ。

エントランスを兼ねた1階には、試飲カウンターのほか、ワインづくりに関する展示なども並べられている。

周辺の生産者から持ち込まれたブドウの委託
醸造もおこなわれている地下の醸造所。

アルカンヴィーニュ

地域のワイン農業育成の基盤となるワイナリーを、と2014年に「日本ワイン農業研究所」が開業。自社ワインはもちろん、新規就農者の委託ワインの醸造もおこなう。ワイングロワーを対象に、千曲川ワインアカデミーも開講。

長野県東御市和 6667
☎ 0268-71-7082
jw-arc.co.jp

シンプルな館内には試飲コーナーも。
地域のワインづくりに関する話も聞ける。

シルクからワインへ

アルカンヴィーニュの白い建物には、青いラインが横に一本引かれている。この青は千曲川ブルーと言って（そう言っているのは私だけだが）、千曲川の流れをあらわしたものである。千曲川ワインバレーにおける、産地形成と人材育成の拠点となる施設であることを示したつもりだ。

この建物の2階の部屋でおこなわれる「千曲川ワインアカデミー」は、2015年からの3年間で62名の受講生を受け入れ、そのうち半数を超える者がすでに自分の畑でブドウ栽培をはじめており、第1期生からは早くもワイナリーを建設する者があらわれた。現在は4期生29名が学んでおり、5年で100名を超える人材を育てるという目標は軽くクリアできそうである。

アカデミーでは一流の醸造家や学者・研究者によってつくり手の視点から専門的な講義がおこなわれるが、ここで学んだからといって、全員がワイングロワーになってワイナリーを建てるわけではない。仲間がつくるワインを自分の手で売ろうと考える者、ソムリエの勉強に飽き足らずより深い知識を学んで自分の仕事に生かそうと思う者、そのほか、世界ではあたりまえだが日本ではまだ珍しい、小規模ワイナリーの集積によって地域が経済的にも文化的にも大きく変わっていく場面に立ち会い、自分の力でその変革を少しでも推し進めたいと考える、さまざまなキャリアとスキルをもった人たちが集まってくる。

小さくて個性的なワイナリーとよく手入れされたブドウ畑のあいだに、カフェやショップやレストランやプチホテルが点在する美しい田園風景の中で、人びとが思い思いに心豊かな人生を楽しんでいる……ワインづくりのARC（弧）が広がることで、この地域にそんな日常が実現することを私たちは望んでいます。

私はアルカンヴィーニュの母体である日本ワイン農業研究所の設立趣旨にそう書いたが、この数年のあいだにも目覚ましく進展するワインバレーのありさまを見ると、そんな風景がいつか本当に実現するに違いない。そのためにも、ブドウとワインのことをよく知っていて、農業をベースとした暮らしを楽しむことができる、もっと多くの人びとがこの地域に

移住して、いろいろな仕事をはじめることを望んでいる。

隠遁するための隠れ家のつもりが人の集まる場所になったように、ひとつのワイナリーをつくったら、しだいにその周辺に新しいワイナリーができはじめ、地域全体が「千曲川ワインバレー」と呼ばれる、全国でも有数の日本ワイン産地になりつつある。池の真ん中に小さな石を放り込んだら、思いがけなくその波紋が広がって、波紋の先端はもう見えない遠くにまで達しているようだ。

この地域では今後、毎年2、3軒のワイナリーが新しくできていくだろう。もっと数多くのワイナリーが集積すれば、その周囲にレストランやホテルもできるだろうし、完全自動運転のクルマで「ワインを飲みながらワイナリーを巡る」こともいつか可能になるに違いない。

私はそこまで見届けるほど長くは生きないと思うが、死ぬ前にやっておきたいことが、まだいくつかある。

そのひとつは、地元の人にもっとワインを飲んでもらうことだ。

日本のブドウでつくる日本ワインは、質も高く、外国のワインに負けない魅力があることは少しずつ認知されてきたが、まだまだ一部のワイン愛好家のあいだでしか話題にならない。その輪の外にいる人は、いまだに「ブドウ狩りの土産に買ってきた薄甘いワイン」が日本ワインだと思っている。この人たちに、おいしいワインができる現場に足を運んでもらい、その太陽と光を感じてもらうこと、そしてそのときに、地元の人たちが「おらほ（私たち）のワインはおいしいですよ」と言って、彼らに奨めることが大切なのだ。「ワインはその土地を表現するアート」なのだから、おいしいワインができる素晴らしい土地に住んでいることを誇りに思うためにも、まず地元住民がワインを飲まなければならない。

ところが東御市には、2年前に「東御ワインチャペル」ができるまで、地元の日本ワインがそこで買えて試飲もできる店は1軒もなかったのだ。

チャペルというのは本物のチャペルで、かつて信州うえだ農協が経営していた結婚式場の施設である。結婚式場はJAの支所になったが、チャペルだけは使い途がなく空いたままになっていた。それを、東京で16年間イタリアンの繁盛店を経営していた石原さん夫妻が借り受けて、洒落たレストランとして生き返らせたのだ。シニアソムリエの石原浩子さんが奨める地元のワインをシェフの石原昌弘さんの料理とマリアージュ（チャペルだから！）させて楽しめるだけでなく、千曲川ワインバレーを中心とした日本ワインをボトルで買うことのできる、ワインショップとしても貴重な存在だ。

石原浩子さんは、ヴィラデストの創設

期に私のマネージャーとして働いてくれていた人だ。その後上京してシェフと結婚したが、東京ではもう十分に働いたので、残りの人生は母方の実家がある故郷（田中）に戻って長野県のワインを広める仕事がしたい、といって帰ってきた。

こんなふうに、キャリアのある人材が戻ってきてくれるのは本当に心強い。

しなの鉄道の田中駅（タナカ、とタだけを高く発音する）の周辺は、かつてこの地が養蚕製糸業で栄えていた頃、大儲けした業者が全国から集って夜な夜な饗宴を繰りひろげた……といわれるが、芸者置屋やバンケットハウスがあった頃の面影は、いまやまったくなくなっている。

製糸業では富岡と岡谷が有名だが、シルクの原料を生み出す蚕の栽培（養蚕）では、東御市田中・海野宿（うんのじゅく）から上田・坂城に至る千曲川沿岸地域がもっとも良質の蚕を生産するといわれ、有力な蚕種問屋が軒を連ねていたこと。しなの鉄道は産地からシルクを運んで横浜にまで繋ぐ路線として生まれたこと。昭和40年代の高度経済成長がはじまるまで、養蚕製糸業は日本経済を支える屋台骨であったこと。こうした知識は、私も東御市に移住するまで知らなかった。

シルクからワインへ。

千曲川流域に小規模ワイナリーを集積させ、かつてシルクで栄えた土地をワインでよみがえらせる。それが千曲川ワイ

上・地元のワイン関係者も多く集う「東御ワインチャペル」。石原夫妻の二人三脚にこれからも期待大だ。

中上・田中駅から徒歩５分。ワインオープナーが目印。

中下・チャペルのつくりをそのまま生かした開放的な空間。

左・ディナーのアラカルトメニューから「クリン豚のポアレ」。どの料理にも地野菜がたっぷりと添えられている。

TOMI WINE CHAPEL

千曲川ワインバレーのポータルサイトショップ＆レストラン。地元の新鮮な素材とワインのマリアージュが楽しめる。地元ワインの品ぞろえも充実。

長野県東御市田中 63-4
☎ 0268-55-7511
tomiwinechapel.jimdo.com

ンバレーの合言葉だ。
　実際、ヴィラデストを含めて長野県（だけでなく山梨県でも山形県でも）の多くのワイナリーでは、昔の桑畑にブドウを植えている。日当たりはよいが水に乏しい桑畑は、ワインぶどうの栽培にぴったりなのだ。養蚕が終わって使われなくなった桑畑の跡地は、膨大な面積の荒廃農地として50年間放置されてきた。そこにブドウを植えてワインをつくり、かつての栄華を取り戻そう……というのが私たちの構想なのである。

　私が「シルクからワインへ」という言葉を思いついたのは、軽井沢に住んでいた頃、東京とクルマで往き来するたびに、碓氷峠の手前あたりでまだ残っている桑畑を見かけたからだ。冬の桑畑は、黒く短い幹が腕のように何本も並んで突き出ていて、剪定が終わったワインぶどうの畑にそっくりだった。桑とブドウは、なにか関係があるのだろうか。その疑問から、養蚕の歴史を調べはじめたのだった。

　ここだ、ここに住もう、と思ってヴィラデストの風景を最初に見たときは、まだ何も知らなかった。そこが桑山の跡地であることを教えられ、私たちが住むことになる田沢という集落には、大きな蚕室や土蔵をもつ養蚕農家が多く残されていることを知ったことが、その後の私の活動に繋がっていったのである。

しなの鉄道

レトロな観光列車「ろくもん」に乗って、風景と美味を楽しむ「信州プレミアムワインプラン」など、ナガノワインに特化したクルーズプランも豊富。
www.shinanorailway.co.jp

上・「ワイン列車」では地元の料理とワインのマリアージュを。
右・次々と変わる車窓の風景もご馳走。

オーデパール

「旅とワイン」をコンセプトにした軽井沢駅1階にあるカフェ＆バル。千曲川ワインバレーの旅のスタート地点として最適だ。

長野県北佐久郡
軽井沢町軽井沢 1178
（軽井沢駅北口1階）
☎ 0267-31-6233
au-depart.jp

かつてのホームを生かした店づくりが心憎い。ナガノワインは日替わりでグラス8種類前後が登場。

ヴィラデストを巣立った若者たち

それにしても、大学を出る頃には「地域や社会とはできるだけ関わらず、人生の傍観者として生きて行きたい」と思っていた私が、放浪をやめて田舎に定住したら、いつのまにか地域おこしの先頭に立っていて、まるで社会運動家のような活動を続けているのは自分でも不思議というほかはない。

ヴィラデストも、27年経つうちに、たくさんのスタッフが集まり、また散っていった。

東御ワインチャペルの石原浩子さんもその一人だが、とくにワイナリーとレストランをはじめてからの15年間、ヴィラデストで働いたことがきっかけとなって自分自身の進むべき道を新しく見い出した者が少なくない。

波田野信孝は、ワイナリーの栽培醸造スタッフとして7年間働き、それから5年間自分の畑でブドウを育てた後、昨年（2017年）ワイナリーを建てて免許を取得した。

最初は料理人を志していたようだが、ハローワークで見て面接にやってきたときはワイナリースタッフしか募集していなかったので、生まれてはじめてブドウ

上・「僕の畑はほぼ南向き。ブドウ畑としては理想的な土地です。いずれは、とんでもなくおいしいワインをつくりたい」。

左上・ワイナリーだけではなく、カフェも準備中。

左下・2016年秋はアルカンヴィーニュに委託醸造。2018年冬から念願の自社醸造に。

cave hatano

波田野信孝さんが2017年に東御市の中でも絶景を誇るエリアに創業した小規模ワイナリー。2018年冬には自社醸造ワインをリリース予定。今後カフェなどの開店も予定している。

長野県東御市新張 525-9
nobutaka@c-hatano.com
HP 準備中

栽培をやることになった。面接のときは汚いTシャツを着て、田中駅から歩いてきた、と言って腹を空かせていたので、お稲荷さんを食べさせてやった。

……という話を私がどこでもするので波田野は嫌がるが、栽培をはじめるとワインに興味をもって熱心に勉強した。

あの無一物の青年が、ヴィラデスト初の直系ワイナリー「カーヴ・ハタノ」を建てるのに数千万円の借金ができるような信用を得るまでになったとは、千曲川ワインバレーの成熟を語る意味でも感慨深いものがある。

松本大は、ヴィラデストの厨房で働いてきたときにソーセージづくりを学び、同じく昨年、田中駅に近い大通りに手づくりソーセージの店「ソーセージ ハム男」を開いた。

小さな店だがイートインのスペースもあり、毎晩地元の人たちで賑わっているようだ。人懐こい性格で誰にも好かれるので、ヴィラデストにいた頃からの人脈が生きているらしい。

ヴィラデストカフェの卒業生はほかにもいる。

オープン3年目からシェフを務めた遠藤広樹は、上田にフレンチレストラン「ソリレス」を開いて健闘している。何回行っても道に迷うほどの不思議な場所だが、東京の名店「アピシウス」で腕を磨いた遠藤の男性的で小気味のよい料理

上・「保存できるシャルキュトリーというよりも、料理として楽しんでもらえるハム、ソーセージをつくっていきたい」。店は旧街道の趣を残す一角に。

左上、左下・国産の材料を使い、すべて一人で手づくりしたハム、ソーセージ各種。イートインだけでなく、テイクアウトも可能。

ソーセージ ハム男

しなの鉄道田中駅近くにあるシャルキュトリー兼バル。オーナー店主の松本大さんが一人で手づくりするソーセージやハムは無添加でナチュラルな味わいだ。テイクアウトもあり。

長野県東御市田中 190-1
☎ 0268-55-9371

と、奥さんの康子さんの優しいもてなしが評判を呼んで、迷いながら通う常連客が後を絶たない。

遠藤に続いてシェフを務めた折笠龍馬は、東京の新富町でレストラン「クーリ」を経営している。斬新な創作料理を得意とするが、ランチタイムは近所の会社に勤める女性たちで満員だ。年に何回も、信州にキノコや山菜を採りに来るときに家族やスタッフを連れてヴィラデストに寄ってくれる。

地元では、佐久市望月で小さなイタリア料理店「グースケ」を営む三浦祐介も、ヴィラデストカフェの出身だ。東京の人気イタリアンで働いていたが、故郷に戻って店を開いた。望月から立科にかけては3人のアカデミーの卒業生がヴィンヤードを開いており、近くにはおいしいチーズをつくる店もあるので、いずれは千曲川ワインバレー東地区のひとつの中心地になっていくに違いない。

もちろん、彼らの店ではNAGANO WINEを積極的に売ってくれていて、ヴィラデストからスピンオフした若者たちが、確実に千曲川ワインバレーの輪郭を広げている。

ヴィラデストからは、パン屋さんも独立した。

地元の鞍掛で、パンとお菓子の店「クリシェ」を営む渡邊武蔵・千絵夫妻。脱サラだからスタートは遅かったが、ヴィ

上・「野菜やワイン、ヴィラデストの卒業生同士の交流も頻繁です」。写真・大泉省吾
下・定番の「豚肉のフロマージュテット」。
左・スパイスをたっぷりと効かせた「羊の煮込み」。ともにディナーから。

ソリレス

上田市の住宅街の中にある隠れ家風の小さなビストロでは、食材の力強さを生かしたコース料理が人気。シェフとサービスを務める遠藤夫妻のもてなしも温かい、心地よい一軒。地元のワインもオンリスト。

長野県上田市上田 1684-3
☎ 0268-75-8973

ラデストで頑張って腕を上げ、奥さんと二人三脚の誠実なパンとお菓子づくりでいまや人気の店になっている。

ここでは紹介できなかったが、ヴィラデストから独立して専業農家になった者も何人かいる。

珍しい西洋野菜やハーブなどを東京のレストランに卸して好評の、宮野雄介・智亜紀夫妻が営む農園「アグロノーム」は、ヴィラデスト出身者の大先輩。小さい頃から植物が好きだった宮野はまだ10代のときから農園で働き、厨房スタッフの女性を射止めてヴィラデストカフェで結婚式を挙げた。

ワインの営業を担当していた関泰秀は独立して農家となり、いまは豚の森林放牧に挑戦したり、古民家を再生してカフェをつくる計画を立てたりしている。

ワインづくりだけでなく、レストランのシェフも、そのレストランに野菜やパンを提供する農家やパン職人も、確実に育っているのは本当にうれしいことだ。私たち夫婦は子供を持たない選択をしたのだが、いつのまにかヴィラデストチルドレンがこんなに増えてしまった。

自分自身の感覚としては、池に最初の石を放り込んだのはたしかだけれども、その後の展開については相変わらず傍観者のようなつもりで、自然に集まってくる人たちの渦と熱気に巻き込まれるのをただ楽しんでいるだけなのだが。

上・「なるべく地元の素材を使ったパンづくりを」目指す渡邊武蔵さん。お菓子づくりは奥さまが担当。

左・小さいながら地元に愛される一軒に。

下・バゲットなどハード系からお総菜パンまで30種類以上のパンが並ぶ。

クリシェ

「東御のワインとともに、気軽に楽しめるパンを」と渡邊武蔵・千絵夫妻が2015年にオープンした愛らしいブーランジェリー。信州産石臼挽き小麦や胡桃など、地元の食材を使ったパンも店頭に。

長野県東御市鞍掛949-2
☎ 0268-71-7622

村おこしの仲間たち

2013年からの5年間に、千曲川ワインバレーには多くのワイングロワーが定着し、それぞれの地域で自律的な発展に繋がる動きが目立ちはじめた。池に石を放り込んだ張本人は、そろそろ気づかれないうちにフェイドアウトして、遠くから波紋の広がるようすを眺めているほうがよさそうだ。

私の関心は、広いところから狭いところへと向かっている。このまま行くと、最後は自分一人の世界にしか興味を持てなくなるのかもしれないが(そういえば、自分一人だけ「社会の余白に生きる」の が若い頃の望みだった……)、いまは自宅から歩いて20分から30分の範囲が、私が最大の関心をもつことができる行動半径になっている。

ヴィラデストの自宅から、下り坂を5分も歩けば村の入り口に到達する。私が「村」と呼んでいるのは、200世帯600人が住む「田沢」という名の集落である。このあたりでは行政の単位から村という呼び名は消えたが、そのサイズも、平地から山を上り詰めた行き止まりにあるその場所も、古き良き文化と伝統を残すその暮らしぶりからも、この集落には懐かしい村という名前がふさわしい。

田沢地区はかつて養蚕で栄えた集落で、いまもその風情を伝える大きな家が連なっている。が、ここも全国の山間地に共通の悩みである高齢化という問題を抱えていて、いま古い家を守っているのはいわゆる団塊の世代、後を継ぐ者は少なく、20年もしないうちに村のほとんどの家が空き家になるリスクを抱えている。

もともとは開拓者がつくった集落だけあって、村の住民はほとんど全員が幼馴染みで、何代も前からの共同体の記憶を共有している。移住者である私でさえ、27年間ともに暮らしてきた村の住民の一人として愛着のある村の将来に無関心ではいられないのだから、彼らの消滅への危機感にはいっそう強いものがあるだろう。

私は、移住してきた最初のうちは他所者として、村の集会には顔を出すものの目立った発言は控えていたが、20年もすると自然なかたちで共同体に迎え入れられたように感じ、隣組の仲間たちに積極的に声をかけるようになった。その呼びかけに応じて、村おこしの活動に取り組もうというメンバーが集まって、「田沢

「関酒店」の母屋は「田沢おらほ村」の事務所。

おらほ村」というグループを立ち上げた。「おらほ」はこの地域の方言で、自分たちの、という意味である。

おらほ村は、最初のうちは単なる飲み会だったけれども、そのうちに農産物の直売会をやろうとか、里山に遊歩道をつくろうとか、閉ざされた村を少しずつ外へ向かって開いていくことで村の活性化を図ろうという、具体的なアイデアを実践するようになった。

空き家を活用して「縁側カフェ」をつくろうという企画も、そのひとつだった。

昔のように年寄りが縁側に集まってお茶をしていれば、ふらっと村に入ってきた観光客も、招かれて話に加わることができるだろう。そんな「カフェのような縁側」ができたら……と思って場所を探したのだが、空き家があっても使える状態ではなかったり、集落のまんなかに外からの人が出入りする場所をつくることには抵抗があったり、物件探しは意外に難航した。

そんなとき、村の入り口に昔あった「関酒店」という酒屋さんの家が、空き家になったという知らせが入った。そこで私たちは遺族にお願いしてその家を借り受け、10年以上前に店を畳んで以来ふつうの居間に改造されていた旧店舗を、再び元のかたちに戻して営業を再開するという「村の酒屋を復活させる」プロジェクトをスタートさせたのだった。

空き家になった家を、片付け、改修して、実際に使えるようにするまでは、膨大な手間と相当な費用がかかる。必要な資金はクラウドファンディングや篤志家による支援で調達し、無尽蔵に出てくるゴミや不用品の片付けや掃除には、おらほ村メンバーが連日のように汗を流して取り組んだ。

おらほ村の仲間は頼もしい。都会の脆弱なサラリーマン上がりと違って、老人でも日頃から農作業で鍛えているし、重機の扱いもお手のもの、声をかければ朝の5時から集まって仕事をこなす、屈強な生活者集団である。

私はこの活動を通じて村の仲間とより親しくつきあうようになってから、地元で酒を飲みながらバカ話をするのがなによりも楽しい時間になった。

「関酒店」では、土蔵も立ち飲みスペース。

歩いて行けるところにたくさんの親しい友人がいて、いつでも酒を酌み交わすことができる。村の酒屋さんへ行けば近くの畑でブドウを育てている若者がやってきて、眺めのよいテラスでグラスを前にひとしきりワイン談義。そこへワイナリーを訪ねてきたお客さんが加わって……こんなことをやっていたら、毎日が愉快でしかたない。

千曲川の流域に小規模ワイナリーを集積する、とか言いながら、私がやっていることは地域おこし運動でもソーシャルビジネスでもなく、ただ、自分が毎日を楽しく過ごせる環境を、できるだけ自分に近いところにつくりたいという、ごく単純なことなのかもしれない。

関酒店のロゴはデザイナー水野佳史さんの作品。店内には稀少な地元産ワインが。

関酒店

かつて村の酒屋として営業していた空間をリニューアルオープン。千曲川ワインバレーのワインをはじめ、日本酒も揃う。店横のテラスや土蔵では角打ちも楽しめる。田沢の新しい交流の場だ。

長野県東御市和 5173
☎ 0268-71-5257
www.tazawamura.co.jp

清水さんの家

関酒店から歩いて2分のところに、空き家を改装した民泊施設がオープン。築90年の「清水さんの家」は、かつて地元の郵便局長さんが住んでいた、昔懐かしい昭和の家。蚕室として使われていた2階の広間では、見事な古民家風の梁が見られる。

長野県東御市和 5187
☎ 0268-75-8422
www.tazawamura.co.jp

畳と板の間を合わせて20畳のサロンには、2000冊に近い蔵書が並ぶ書棚があり、自由に読むことができる。

私のライフアート

小学校の卒業文集で、私は「科学者になりたい」と書いているが、子供の頃は勉強もしないで絵ばかり描いていた。日本画家だった父親は私が小学校に上がる前の年に亡くなったので、手ほどきを受けたことはないのだが、多少の遺伝子は受け継いだのか、私はあちこちのコンクールで賞を取る絵画少年だった。

小学3年生のときの知能テストでは「精神年齢18歳」(IQ180のことを当時はそう表現した)と言われたが、中学2年のときのIQは146に落ちていた。きっとそのペースでさらに落ちていったのだろう、高校でも油絵に夢中になっているうちに成績がどんどん下り、2年の秋に美術部長を辞めて受験勉強をはじめたが大学は浪人してしまった。

父親のような本物の絵描きになれるとは思えなかったので、それ以来すっぱりと絵は止めた。が、かといってとくにやりたいこともなく、ただ「社会の役に立たない人になりたい」と思っていたので、文学部に入ってフランス文学科に進んだ。そうしたら3年のときにたまたま受けた海外奨学金の試験に合格してパリに留学することになった。

高校の終わり頃から言語学に興味をもつようになっていたので、パリ大学の言語学研究所に登録したが、前年(1968年)の激しい大学闘争(五月革命)の影響でその年は講義が再開せず、待ちくたびれた私はヒッチハイクで放浪旅行をはじめてそのまま大学には戻らなかった。

通訳で稼いだ資金で留学を延長し、1970年の春に帰国した。大阪万博の年だったのでガイドや添乗員のアルバイトがあって、復学したけれども授業に出ないうちに卒業した。教師にも会社員にもなりたくなかったので、フリーターとしてそのまま旅行ガイドや通訳・翻訳の仕事を続けていたが、そのうちに自分で文章が書きたくなり、雑誌や新聞で募集があるたびに短文を投稿しているうちに、なんとか拾い上げられて物書きの端くれに連らなることができた。

それから45年。絵のほうは41歳のとき肝炎にかかったのがきっかけで、25年ぶりに絵筆を取ってから約30年。文章のほうが年季が入っている。

私の、出たとこ勝負のいい加減な人生で、いちばん性に合っていたと思う仕事はツアーガイドだ。

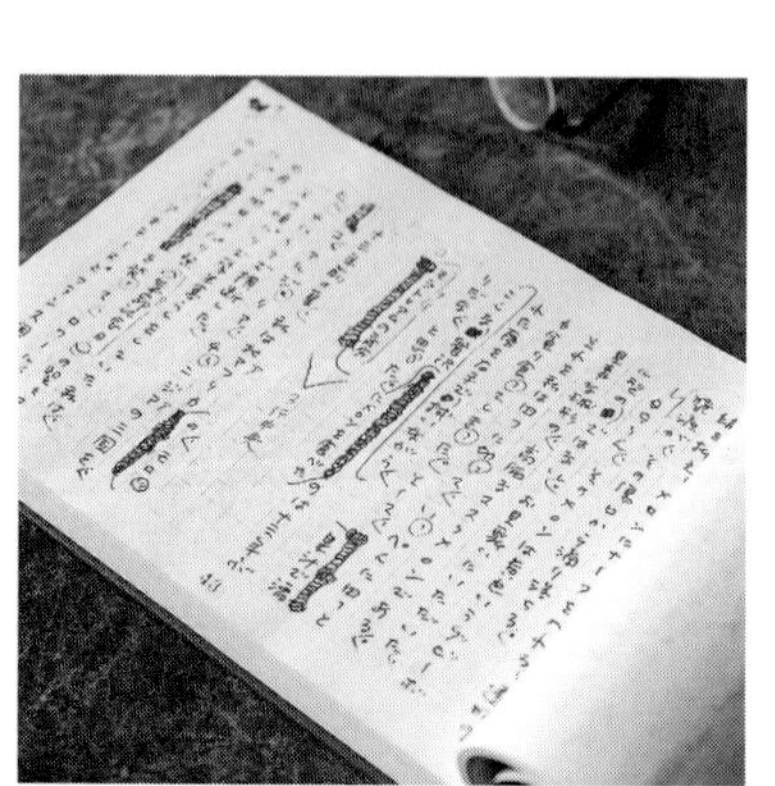

『種まく人』の頃は原稿も手書きだった。

私が小説を書かない（書けない）のは、自分でゼロから物語をつくりだすのが不得意だからだ。自分が見たものや経験したことなど、外界の対象に対してリアクション（反応）するのは得意だが、対象がなければ反応ができない。

街を歩きながら、目に見えるモノやコトについてその意味や背景をわかりやすく解説するツアーガイドの仕事と、誰もが見ている同じモノやコトを、その人ならではの視点で切り取って提示するエッセイストの仕事はよく似ている。

絵も、私には写生しかできない。

自由に描いてよいと言われても勝手な線は引けないし、目を三角に描いたり顔を青く塗ったりすることは頼まれてもできない。目の前に見える花を、できるだけ、見える通りに描く。大きさもほぼ実物大で、花瓶や机や背景も描かないのがふつうである。

その結果、私の描く植物画はいわゆるボタニカルアートに近くなるが、それほど厳密な描写をしているわけでもないので、私はボタニカルアートではなく「ライフアート」と呼んでいる。

ライフアートの意味は、まず、花や野菜など、命あるものを描くこと。生きている植物を前に置いて、その色やかたちを紙の上に写し取る。描き終わる頃に植物は萎れてしまうが、その生命は絵の中で永遠に生きることになる。

絵は毎日の暮らしの中で描く。もともと、農作業のあいだに見つけた美しい花などを急いでアトリエに持ち帰って描いていた。一日中制作に没頭する専業の画家ではなく、日常のさまざまな仕事の合間に時間を見つけて絵を描くのが私のスタイルだ。

風景を描くこともあるが、その場合は現場でスケッチするのではなく、自分で撮った写真をもとにして描く。どこにでもある日常の風景で、生活の中の一瞬の動きや、人生のある瞬間を捉えた写真を好むので、私の風景画には人物の入ったものが多い。

生命、暮らし、日常、人生。それがライフの意味である。

私の絵は、ふつうの家の壁に飾れるような、比較的小さな作品が多い。展覧会に絵を見に行くのも素敵だが、廊下でもトイレでもいい、日常の暮らしの中で目に触れる場所に飾ってほしいからだ。

毎日見ていると、そのうちに慣れてしまい、気にも留めなくなるだろう。が、そのときの心のもちようや、気分のありかたで、ふとした瞬間に、見慣れた絵が違って見えることがないだろうか。思いがけなくその絵の前で立ち止まって、あらためて見直してみるような……。

つねに生活の中にあって、ときに新鮮な気分や元気を与えてくれるのが、アートの役割ではないかと思っている。

モチーフは毎日の暮らしの中から見つける。

やわらかい光に満ちた朝のアトリエ。その光の中で筆を走らせる。絵を描くのは、午前中の仕事だ。

近作から（左から）「赤い野バラ」「エスプレッソグラスの小さな花」「ジャーマンアイリス 2018」「かわいたザクロ」「枯れネギ」。

ライフワークを持つとろくなことはない、と、私はつねづね言ってきた。

　人生をかけて成し遂げようと大きな仕事に挑戦したり、死ぬまでに達成すべき目標を掲げたりすると（そういう仕事や目標のことをふつうライフワークと言うのだが）、本当に達成したときに、ポックリ逝ってしまうことが少なくない。

　達成できなければ挫折だし、達成すれば死んでしまうのだから、ライフワークは設定しないほうがいい……というのは半分冗談だが、往々にしてそういうことがあるのも事実である。

　掃除をするときは、少しゴミを残しておくのがよい、とも私は言う。全部きれいにすると、明日やることがなくなってしまう。少し残しておいて、きょうは本当によく働いた、さあ、明日また頑張って残りのゴミを片付けよう……農業という仕事は終わりがないもので、きょうの仕事はかならず明日に繋がっていく。こうして毎日少しずつモチベーションを取っておくことが、人生を走り続けるエネルギーになるのだという教えは、私が農業から学んだことである。

　ゼロから物語をつくる小説が書けないのと同じで、なにか事業をやろうとするときも、フリーハンドの自由が与えられると考えがまとまらない。むしろ難しい条件がいくつもあって、やれることが限られているほうがアイデアが湧く。

　どんなプロジェクトでも行く手にはかならず思いがけない障害が待ち構えているものだが、道が半分塞がれていたら、残された半分の道のことだけを考えればよいのだから、考える手間が半分になってラッキーだ、と私は考える。障害が多くなれば歩ける道はもっと細くなって、最後はそこを歩くしかなくなるだろう。

　そんなふうにして、絶えず与えられた現実からスタートして、進める道だけを進んできた。

　パリに留学してパリの本を書く。料理に興味をもったら食べもののことばかり書く。シティーボーイかと思ったら田舎に引っ越して農業に転身する。ワインは飲む一方のはずがつくるほうに転じ、隠居したいと言っていたのに地域おこしに奔走する……いつも目の前に問題があらわれてからその対処を考えるやりかただから、まったく一貫性はないけれども、そのすべてが私の足跡なのだ。

　だから私のライフワークは、いついつまでにこれをやるとか、決めた目標はかならず達成するとかいうものではなく、毎日いつもと同じように暮らしながら、その結果として少しずつ積み重ねられていくもので、過去の人生が記してきた私のひとつひとつの足跡が、私のライフワークそのものなのである。これなら達成できなくて挫折することもなく、達成できてポックリ逝く心配もないだろう。

アトリエは書斎の右手に。

芦ノ湖「玉村豊男ライフアートミュージアム」

箱根にも、玉村豊男の作品が常設されている美術館がある。元箱根の「芦ノ湖テラス」にある「玉村豊男ライフアートミュージアム」。芦ノ湖の遊覧船（伊豆箱根鉄道）発着場の目の前、箱根駅伝のルートにも近いわかりやすい場所だ。

ライフアートミュージアムに隣接するレストラン「ラ・テラッツァ 芦ノ湖」は薪窯で焼いたピッツァと地元の野菜をふんだんに使ったイタリア料理が評判で、週末には長い行列ができる。

「玉村豊男ライフアートミュージアム」では、常時、約50点の作品を展示・販売しており、年に1～2回、新作サイン会などのイベントを催している。ショップではヴィラデストのオリジナル食器その他のグッズを買うこともできるので、首都圏からの観光客が手軽にライフアートに触れることができる恰好の場所になっている。

おなじみのオリジナル食器もライフアートのひとつといえるだろうか。

「ラ・テラッツァ 芦ノ湖」は芦ノ湖を一望できる絶好のロケーション。
桜の季節もまたおすすめだ。

玉村豊男ライフアートミュージアム

神奈川県足柄下郡箱根町元箱根 61
☎ 0460-83-1071
www.ashinoko-terrace.jp

開館時間
平日　10 時 30 分～ 17 時
土曜・日曜・祝日　9 時～ 17 時
休館日　なし（2 月に休館日あり）

2018年夏、「ヴィラデスト
ガーデンファームアンドワイ
ナリー」スタッフ全員集合！

VILLA D'EST
WINERY

おわりに

朝、ブドウ畑を散策する。

収穫の近いピノやシャルドネの樹には、はち切れんばかりに果汁を抱えた房が美しく色づいている。このまま、長く秋晴れが続くとよいのだが。

背よりも高く伸びた葉のあいだをすり抜けて、丘の先端にまで進むと、里山の端を流れる白い霧の下に、朝日に輝く上田盆地が目に入る。

ヴィラデストの丘の上は、一面のブドウ畑になった。

私たちが畑をはじめた頃に丘の上で働いていた農家は姿を消し、主のいなくなったリンゴやアスパラの畑を借り受けてブドウを植えてきた私たちが、こんどは引退して次の担い手を探す時代になった。

ブドウの樹は五十年も八十年も生きる。老樹こそよいワインを生むといわれるが、ヴィラデストのいちばん古い樹はまだ二十六歳の若者だ。

ヴィニュロン（ブドウ農家）は、自分が植えたブドウの樹の傍らで命を終える。本当においしいワインができるのはその後だ。最初に植えたメルローとシャルドネの畑を歩きながら、私は三十年後、五十年後の風景を夢想する。

人は、四半世紀もひとつ仕事に取り組めば、それなりの目に見える成果を得ることができるものだ。一面のブドウ畑になったヴィラデストの丘を眺めながら、そう思う。

あとは、この見事なブドウ畑が、「田園の快楽」を知る若者たちの手によって受け継がれ、素晴らしいワインができる素晴らしい土地を与えてくれた地域の財産として、人びとに愛されながら永らえることを願うばかりだ。

二〇一八年　秋　　丘の上のヴィンヤードにて

妻とその妹に感謝しながら

撮影	鈴木一彦　世界文化社写真部
撮影協力	宮本忠長建築設計事務所
編集協力	ヴィラデスト ガーデンファームアンドワイナリー
絵（表紙、見返し、本文）	玉村豊男
装丁・レイアウト	三木和彦　林みよ子（アンパサンドワークス）
編集	露木朋子
	中野俊一（株式会社世界文化クリエイティブ）
校正	株式会社円水社

新 田園の快楽 ヴィラデストの27年

発行日　2018年9月5日　初版第1刷発行

著　者　玉村豊男
発行者　井澤豊一郎
発　行　株式会社世界文化社
〒102-8187
東京都千代田区九段北4-2-29
電話　03-3262-5115（販売部）
印　刷　共同印刷株式会社
製　本　株式会社大観社

ISBN978-4-418-18503-0

＊内容に関するお問い合わせは、株式会社世界文化クリエイティブ
電話 03-3262-6810 までお願いします。

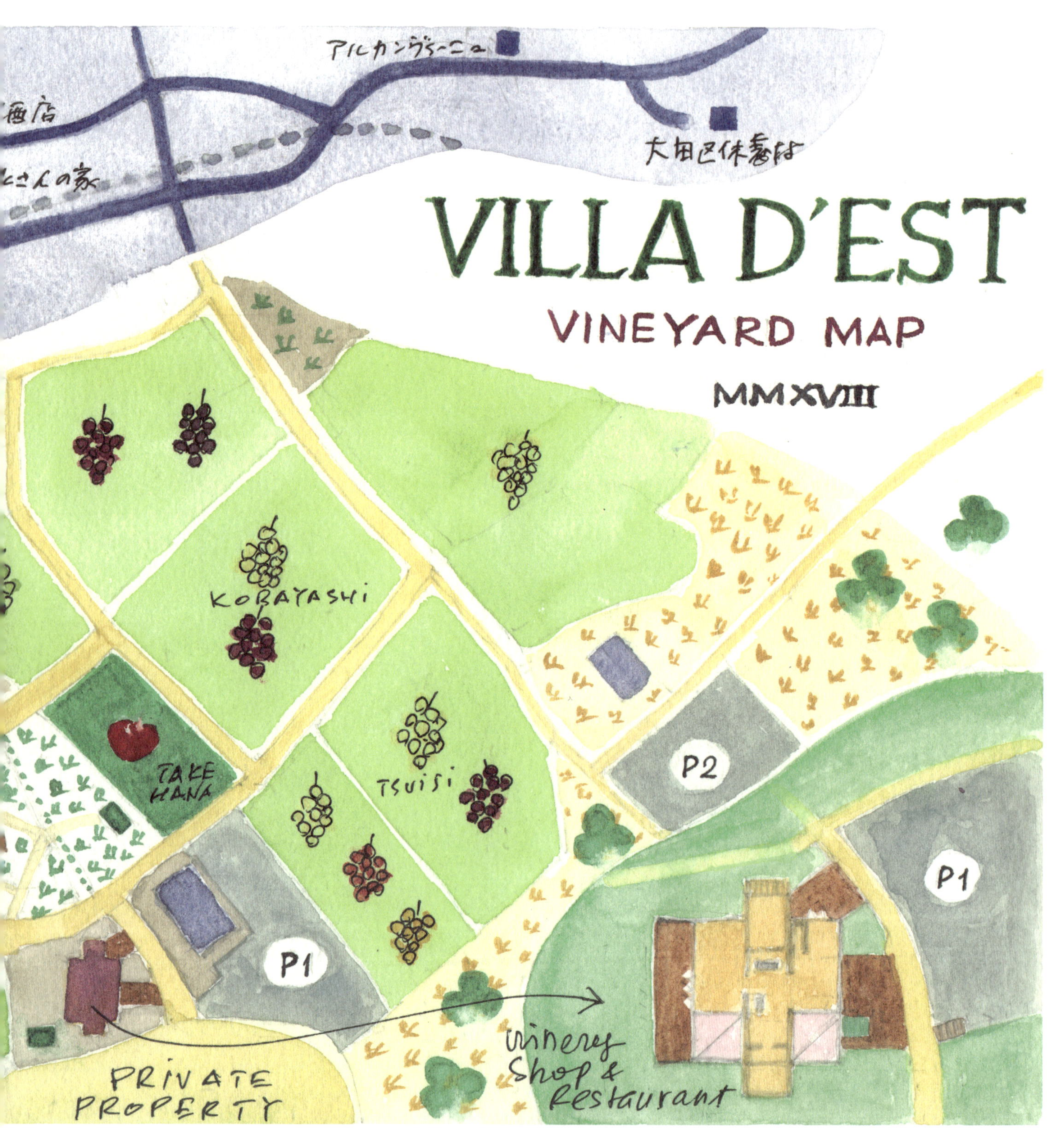

アルカンヴィーニュ
酒店
さんの家
大田区休養村
VILLA D'EST
VINEYARD MAP
MMXVIII
KOBAYASHI
TAKE HANA
TSUISI
P2
P1
P1
Winery Shop & Restaurant
PRIVATE PROPERTY